U0095879

我那完結後的人生

boku ga owatte kara no hanashi

砂原糖子 著
夏乃あゆみ 繪
Novel…Touko SUNAHARA
Illustration…Ayumi KANO

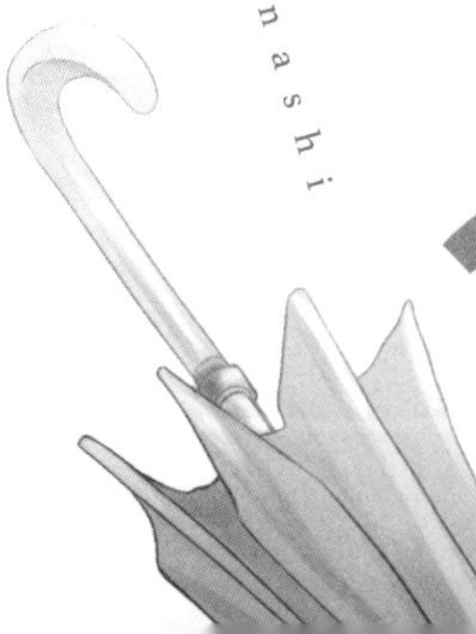

Contents

我那完結後的人生

boku ga owatte kara no hanashi

不管是誰，在課堂上一定都想過一件事。

課本中這些歷史人物鐵定沒想到，在自己逝世一百年、數百年甚至上千年之後，會被記載在這種地方。

誰都不知道死後世界長什麼樣。

別說另一個世界，就連這世界之後會如何都不曉得。

無論誰過世後，世界仍會持續運轉。像我這種無名小卒當然也是，我要想在歷史上留名，簡直是蚍蜉撼樹。

我死後會和無數偉人一樣，連明天都看不見。更別提一年後、十年後，甚至是百年後、千年後的世界。

我對此一無所知。

原以為如此。

直到我真的死了之後。

◇◇◇

野原草也死後過了約七十天。

喪事告一段落，這時身邊的人差不多也該節哀順變，回歸正常生活。

別說節哀了，高中教室的氣氛早就和他生前沒有兩樣。

第三節課一結束，同學們立刻喧鬧起來。就算正值十多歲也不可能每天都過得很開心，仍有些人背負著青春期的難解習題，但這個班大體來說還算和平，因此乍看之下氛圍融洽。

下課時間每個人都笑盈盈的，彷彿面部貼上了黃色的笑臉貼紙，教室中充滿歡笑。

這就是草也死後的世界。

得年十六歲，還沒來得及升上高二就離世。遺照用的是看膩的學生證照片。戒名[1]不知叫什麼，反正沒有人會用這個名字稱呼他，叫什麼都行。就算取的是搞怪戒名也無所謂。

現在連他的本名都沒人喊了。

沒有宿疾的草也之所以突然身亡，都是落雷害的。

高一最後一天，第三學期結業式後天氣驟變，校園裡一棵老青剛櫟被落雷擊中，倒了下來。附近有幾名學生遭受波及，大家都只受到輕傷，唯獨一個人被砸個正著，不幸喪生，那個人就是草也。

這起高中校園裡由春雷引發的事故，當然上了新聞。

仔細想想，這是他人生最閃耀的一刻。即便沒有登上教科書，但被寫進網路新聞的頭條中，也足以稱上「作夢也沒想到會被記在這種地方」。

草也的人生以爆紅之姿迎來最高潮，連片尾曲都沒有，短暫的一生就宣告終結。

學校在兵荒馬亂中開始放春假，沒有重新分班，同學們順利升上高二。

1 譯註：日本佛教徒死後會取戒名以供祭祀。

不久前還在班上的草也唯一留下的痕跡，就只有第一排靠窗的空位。儘管換了教室，同學們仍為他空下原本的座位。桌上擺著一瓶花，為單調的教室增添一抹色彩。

草也和他的名字一樣，就像野原上的小草，沒什麼存在感，因此這或許已經是很不錯的待遇了。話說回來，他根本不需要什麼戒名，只求父母幫自己取個好一點的名字。

對父母的埋怨，和白髮人送黑髮人的不孝相抵之下，也算是互不相欠了。

「天澤同學。」

草也忽然被搭話，驚訝地回頭。

時序進入六月，制服也換了季。說話的女孩穿著白色短袖襯衫，搭配灰色調格子裙，戴著圓眼鏡。這名女同學看見草也的臉後，表情略顯興奮，用眼神示意桌上的花瓶。

「我想幫花換水。」

「喔，好，不好意思擋到妳。」

「不會。」她紅著臉含糊回應，並搖了搖頭，伸手拿起玻璃花瓶。

女生們看到現在的「他」，天澤奏時大多都是這個反應。

天澤是他們班的班長。

一般對班長的印象都是被迫接下爛攤子的書呆子，但天澤不同。

大家對他另眼相看，不只是因為他成績優秀。他有著一頭天生的亮栗子色柔順秀髮，十分搶眼。中性而端正的面容，美到讓班上的女生說「合照時都不敢站在他旁邊」，膚色也比一般男生白。

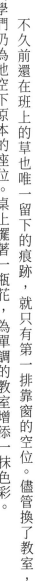

簡言之就是個美少年。身高雖然和平均值差不多，但在美貌之前，身高不是重點。

長得好看，腦袋又好。遺憾的是，草也並不是轉生成了理想的自己。

這種情況就是人們所謂的附身。草也既非故意也沒有惡意，只是一回神就已附在天澤身上。

印象中自己剛死、靈魂還不穩定的時候，好像一直飄浮在天澤周圍。沒人命令他這麼做，他卻時刻跟在天澤身邊，從家裡跟到學校，從浴室跟到廁所，到最後彷彿說了聲「打擾了」就上了天澤的身。

草也附在天澤身上時，天澤可能也在附近遊蕩。不過草也看不見靈魂，這都是他的想像，但可以確定天澤進入了休眠狀態。

一副身體無法同時容納兩個靈魂。現實不像動漫畫那樣，草也既看不見靈魂，也無法和腦中的聲音對話。他只是時而附身，時而離開。說不定天澤正偷偷努力想趕走草也，但草也仍像這樣活蹦亂跳地過著他的靈異生活。

草也雖是幽靈，仍會感到愧疚，因而寫信向天澤致歉。靠的不是牆上浮現的血字，而是親自在筆記本上一筆一畫寫下的文字。

天澤回信後，兩人便展開筆談，大約一個月前天澤提出了一個妥協方案，說可以輪流運用這副身體。

會這麼做，或許是因為無法接受草也隨意進出自己的身體吧。

星期一三五是天澤，二四六是草也，星期日基本上是天澤，如果有事的話可以另外商量。

今天是屬於草也的星期四。

「松野同學，抱歉每次都麻煩妳。謝謝妳帶花來。」

女孩拿著花瓶準備走出教室，草也對她說道。她是商店街上的花店之女，這些花都是她準備的。

天澤和草也連朋友都不是，向她道謝好像有點奇怪，但他畢竟是班長，以這身分道謝勉強說得過去。

對方略顯困惑，再度紅了臉頰，搖著頭說「不會」便離開教室。

這個和平的班級若有所謂的階級，天澤無疑是在最頂端。而草也則像野原上的小草，身處在最靠近地面的最底層。

他雖未遭受霸凌，但也沒有稱得上死黨的朋友。由於不像天澤這麼聰明，所以也沒有人打從心底信賴他。打從娘胎就沒有戀人，只是個隨處可見的平凡男高中生。

這樣的反差使他現在過得格外開心。

死後的生活意外舒適。既不用煩惱升學或就業的事，也不用像父母輩一樣擔心老了之後要怎麼辦。

但他現在並非純粹的靈體，肚子會餓，還得上學，所幸附身的對象是堪稱班上最優秀的天澤，因此未對現狀感到不安或不滿。

雖然死了，但很幸運。

「天澤，你在發什麼呆？」

草也不自覺呆站在桌子之間的走道。

「喔，沒事。」

他搖了搖那張白皙的臉，轉頭望向身後，向他搭話的是女同學泉水，在班上顯得相對成熟，綁著迷人的馬尾。

「天澤，你今天也吃學餐嗎？」

「嗯，對啊……」

「太好了！那這份熱壓吐司可以給你嗎？我做太多了。」

「咦，妳要給我嗎？」

這間私立學校有些人因為家庭狀況而住宿舍。天澤家離學校很遠，和草也一樣是住宿生，中午都吃學生餐廳一成不變的菜色，聞言很是開心。

「對啊，總覺得你老是吃學餐好像不太好。裡面還有鮮蝦雞蛋口味喔。」

「哇，我喜歡蝦子！」

草也不禁發出歡呼。泉水喜歡做菜，偶爾會帶些自己烤的小點心來分送，所以他並未覺得哪裡奇怪，一旁的座位卻傳來低沉的抱怨聲。

「受女生歡迎的人真好。欸泉水，又不是只有天澤一個人吃學餐。」

岩橋冷冷地望著他們，泉水連忙否認。「只是剛好多做了而已，量也不夠分給所有人！天澤，給你！」她強行將手裡的紙袋塞給草也後，掉頭就走。

「啊，泉水同學，謝謝！」

儘管同樣住宿舍，他身為草也時從未有過這樣的待遇。班上女生別說送他熱壓吐司，就連正眼和他說話都沒有。

「唉呀，逃掉了。算了。對了天澤，週六要去KTV嗎？南森高中的女生約我們去唱歌……」

「週六？好啊，我要去！」

「好、好喔，讚啦。你在的話可以幫我們拉高外貌平均值，到時候一定會很嗨。」

聽見對方的邀約，草也單純地感到開心，因此二話不說就答應。但他答得太快，反倒讓岩橋有些困惑。

「可是我會唱的歌不多……只能幫忙搖鈴鼓。」

「什麼鈴鼓啦。」

「沙鈴比較好嗎？」

「隨便啦，但你最近……感覺變得不太一樣。」

「咦，我以前沒跟你們去過KTV嗎？」

草也印象中曾看過天澤下課後受邀和同學出去玩。

「不，你以前也會赴約，還滿配合的……但該怎麼說，以前的作風好像更酷一點……」

即便換了一副身體，草也仍是草也。他心想自己好像因突然當上風雲人物而興奮過頭，正想斂起表情時，又有人向他搭話。

「班長～！」

這個用撒嬌語氣說話的男生是島本。他喊出「班長」時，大多有事相求，只見他早已以誇張的姿態雙手合十。

「請告訴我！」

「咦，告、告訴你什麼？」

「我完全忘了今天數學II要小考，可以告訴我出題範圍嗎？」

草也愣住了。

「咦，下一節是數學II嗎？什麼小考？」

「咦！」

「咦……」

島本睜大圓滾滾的眼睛，和草也四目相覷。

草也在第四節課開始前就已垂頭喪氣，上完課後頭垂得更低，幾乎要碰到桌子。

上週預告過要小考，但他完全忘了這回事。天澤或許另當別論，身為凡人的草也若沒認真準備考試，當然不可能輕鬆解開數學題。

結果可想而知。

「怎麼了，天澤？」

差點就要一頭撞上桌子時，右方隔了個走道的座位有人喊他。

「市、市來。」

草也猛地抬頭，雖已看慣那張臉仍不禁倒抽口氣。午休剛開始，教室裡的同學各忙各的，有人搬動桌子準備吃便當，有人急著衝去學生餐廳。

隔壁的市來一馬則悠哉地托著下巴，望著草也。

市來有著一頭黑髮，兩人雖然都坐著，草也卻要微微抬頭才能和他對視。他是全班最高的男生，卻不會給人壓迫感，或許是因為身材和時下男生一樣纖瘦的緣故。

「天澤？」

「呃，因為我小考全都不會……」

「全都不會？」

草也驚覺自己太老實，連忙搖頭。就算想做自己，也不能和「天澤」的形象差太多。

「不、不對，不能說全部，應該說還算不會。」

「還算不會，這什麼文法？」

這句話怪怪的。市來噗哧一笑，草也差點因情急講出更多奇怪的話，還好市來在那之前就表示同意。

「我也是。昨天本來想念書，結果不小心睡著。」

「是喔？」

「對啊，為什麼每次打算念書時都會突然想睡覺呢？」

他可能是想安慰草也吧。

抑或是真的不敵睡魔？市來抬起一雙長手伸了個懶腰，還打呵欠，讓人分不清他說的是真是假。

市來一馬這個人很有個性，令人難以捉摸。校園裡最好的處世原則就是和同儕保持一致，像他這種人十分少見。他雖不討厭和人來往，但下課時間常一個人待在座位上呼呼大睡。

上課也經常在睡，感覺不太認真，成績卻還不錯。

他一定和天澤一樣，生來頭腦就很好。也就是所謂的「天資聰穎」。

市來長得又高，鼻子又挺。或許因為眼尾上翹的關係，不講話時感覺有點兇，但他不只氣質吸引人，實際上長得也很帥。甚至讓人覺得平常用瀏海遮住臉很可惜。

天澤和市來在班上都比較顯眼，由於有這個共通點，兩人很常交談。

——好好喔。

草也對此感到羨慕，但他自己剛上高中時，其實也有機會和市來當朋友。

當時他在朝會上感到身體不適。

他不想要一入學就在朝會上昏倒，被貼上「虛弱」的標籤。為了不引人注意只好勉強撐著，回教室的路上噁心感達到高峰，忍不住吐了出來。

草也衝出校舍之間的走廊，蹲在校舍周圍的水溝旁。

「嘿，你還好嗎？」

忽然有人叫他，嚇了他一跳。一回頭便心想「完蛋了」。草也剛才腳步比大家慢很多，獨自走在最後面，沒想到後方竟冒出一個同班的男生。

他還不知道那人的名字，但對方是班上第一高，長得又亮眼，因此草也對他有印象。

「你臉色好差。」

「呃，對、對啊。」

既不舒服，又因最糟的一面被同學看見而驚嚇不已，草也臉色蒼白，光是點頭就耗盡全力，身心都覺得快要死亡，無力抬頭看那男生的臉。

「什麼『對啊』，你狀況很糟。站得起來嗎？要不要去保健室？」

「不、不要跟別人說！」

草也嘴裡蹦出這句話。男孩一臉驚訝，傻眼地說：「這不是重點吧？」

那冰冷的聲音讓他心臟一縮，但很快地手臂就被對方拉住，站了起來。

「我們走吧。保健室就在旁邊，撐一下。」

「咦？喔，好……」

對方急匆匆地扶著他到了保健室。保健室老師接手照料，問了很多問題，草也回答完一回神，才發現男孩不見了。

他吃了藥後狀況穩定下來，整個早上都躺在床上休息。午休離開保健室時忽然想到，跑到水溝邊一看，發現那裡已被沖洗乾淨。

剛才不是打掃時間，一定是男孩替他清理的。

草也想盡快向他道謝，但內心仍感到羞恥且不知所措，踏著沉重的腳步回到教室，只見班上氣氛與平時無異。草也開門之後沒人轉頭看他，教室內一如往常吵鬧。

看來「全班最高的男生」沒把他的糗事說出去，他徑直走到對方身邊。男孩吃完飯正準備離開座位，看見草也只問了句：「喔，好點了嗎？」

「嗯，睡一下就好了。呃，水溝是你……」

「還好你沒怎樣。」

對方露齒一笑，草也又感覺胸口緊緊的，回道：「謝謝。還、還有謝謝你幫我清理。」他聲音乾癟，彷彿連聲帶也緊縮了，但內心深深覺得「他真是個好人」。

揪起的心臟停了一拍後重新恢復運轉，開始怦怦跳動。

「那、那個……」

「喔，我叫市來，市來一馬。你還不知道我的名字對吧？」

男孩大方地自我介紹。從那瞬間起，草也眼前猶如加了一組特別的濾鏡。市來和他周圍的事物看起來都閃閃發光。

「我、我叫野原草也，請多指教。」

草也像在作夢般，整個人輕飄飄的。那天他心中的情感從尊敬轉為憧憬，再轉變為愛戀，如同出世魚[2]般變換名字，持續增長。

市來在這一年間又長高了。現在連和大人站在一起都高他們一個頭，臉上的稚氣完全褪去，變得更帥更有男人味。

天澤的相貌也很出眾，以致草也早上醒來看見鏡中的自己都會心裡一驚，但他還是覺

2 譯註：名稱隨著成長階段而異的魚類。

得市來的臉更加帥氣。

每次看內心都會小鹿亂撞。

「你不去吃飯嗎？」

那張臉讓草也差點看到入迷，被對方這麼一問，嚇了一跳。

「泉水同學今天送了我熱壓吐司。」

「哦？她自己做的嗎？你果然很受女生歡迎。」

「不、不是啦，她說不小心做太多了。」

草也從抽屜裡拿出紙袋，瞄了隔壁一眼。

「你要吃嗎？」

他故作鎮定地問。

「分我吃，你不就不夠吃了嗎？」

「反正我本來就打算去學餐。可以點些跟熱壓吐司比較搭的東西一起吃，像是義大利麵……或是咖哩。」

「那……要分著吃嗎？啊，我先去問一下泉水。」

市來起身去詢問正在和朋友們吃飯的泉水。

他雖會上課睡覺，感覺不太認真，對待這種事情卻不馬虎。草也很欣賞這意外正直之處。

「她說我也可以吃。超感謝的，小奏。」

市來突然喊他名字，令他亂了手腳。

市來有時心血來潮，會半開玩笑地喊天澤「奏」或「小奏」，草也聽見時心臟總會怦怦直跳。

奏（Sō）的發音和草也（Sōya）相似，讓他一瞬間覺得對方是在叫自己。

草也認識市來約一年，暗戀對方也約一年。之所以在眾多同學中選擇天澤作為附身對象，應該——不，一定是因為能和市來講到話。

「好、好耶，那我們去學餐吧。」

草也擠出笑容回道。

今天也完美畫下句點。

草也回到位於學校附近的宿舍，鬆了口氣坐在書桌前。他雖已習慣現在的生活，但無法和天澤共享記憶仍有一些不便之處。

今天有一場定期召開的年級會議，各班的班長齊聚一堂。還好上次出席的天澤有為草也記錄當時的內容。該場會議由班長和女副班長兩人一組，若有不知道的事還有人可以問，但若什麼事都說「不記得了」，未免太不自然。

那份電腦列印的資料顯示出天澤一板一眼的個性。裡頭甚至詳細記錄出席者的發言，已稱得上是分析筆記了。

「唉，天澤真的好強。這就是所謂的完美主義吧……」

草也感到佩服不已。

這疊紙雖已功成身退，但草也總覺得丟掉有點可惜，便伸手拉了一下書桌側邊的抽屜，想將資料收起來。

抽屜發出嘎噠一聲。

「啊……對了。」

下層抽屜總是鎖著的。

兩個靈魂附在同一副身體上，勢必得共用許多東西。但天澤似乎有些事不想讓草也知道，因此側邊抽屜成了唯一的祕密角落。

即使面對一個幽靈，還是該保有隱私。

「抱歉、抱歉。」

草也忍不住出聲道歉，將那疊紙改放在書桌的置物架上，接著拿起手機。

他身為草也時曾一時興起下載一個日記APP，但只寫了一次就沒再碰過，如今這個APP卻成了生活必需品。對他和對天澤來說都是如此。

他和天澤無法直接對話，這份交換日記因而成了他們互相連絡、共享記憶的工具。

「……話說今天還是出了點狀況。」

今天並未完美畫下句點。草也回想起小考慘不忍睹的分數，滑著手機的指頭跟著僵硬起來。

『親愛的天澤奏同學你好，感謝你提供的會議資料。多虧有你幫忙，會議進行得很順利。

下個月要放暑假，所以沒有定期會議，真是賺到了。

另外，今天第四節的數學=有考試。是小考。』

這篇日記從一開頭就顯得奇怪而生硬，赤裸裸地呈現出草也愧疚的心情。他只打了幾行就停下動作，盯著螢幕直到眼睛乾澀，最後鐵了心喃喃自語。

「……算了，這種事不必告訴他。又不是期中或期末考。」

草也和天澤依照星期輪流上學，因此週四的課都是草也在上。

他後來決定詳細記錄泉水贈送熱壓吐司的事。畢竟天澤應該也會想向她當面道謝，而且人際關係比考試重要多了。

像完成每日任務般寫完日記之後，草也一如往常地想為手機充電，卻發現桌上的充電器旁貼著黃色的便利貼。

上面畫著一個箭頭。草也歪著頭朝箭頭方向望去，視線範圍內又出現另一張畫有箭頭的便利貼。

他順著黃色、粉紅色、水藍色、又一張黃色便利貼一路追下去，最後一張大張的便利貼就貼在自己座位前，桌面的正下方。

『出席會議辛苦了，冰箱裡的冰淇淋給你吃。』

宿舍的小套房裡沒有冰箱。

草也半信半疑地走到住宿生共用的餐廳冰箱前，打開冷凍庫抽屜發現裡頭有一盒冰，蓋子上用奇異筆寫著「天澤」。

「真的有耶……」

而且還是平民永遠嚮往的達斯冰淇淋。草也愛吃冰，一直想嘗試這款超商限定口味，曾在日記上提到過。

他看了看那張帶點玩笑心態的便條紙。

天澤有時對草也講話頗難聽，和他在學校的形象不同，但善解人意這點依舊不變。草也擅自附在他身上，他卻還買冰給草也吃。若說草也是幽靈，天澤就是天使。

——今天也是美好的一天。

晚餐後草也吃了天澤買的冰，洗了個舒爽的澡，心滿意足地躺在床上。

天澤對自己很好，同學也願意理會自己，重點是今天也有和市來說到話。

他們去了學餐分食熱壓吐司和肉醬義大利麵，興奮不已，和樂融融。不，興奮的只有草也，但那確實是段愉快的時光。

——現在可能是我人生最幸福的時期，雖然我已經死了。

身邊又有天使，這裡說不定是天堂。

草也或許已經到了另一個世界，而非留在自己死後的世界。

——算了，沒差。

就算是這樣也無所謂，他這麼想後，和身穿全白壽衣躺在棺木內時一樣，面容安詳地睡去。

下次醒來已是星期六。

星期六學校雖然放假，但草也很早就醒了。

似乎才七點多。天氣很好，不用拉開窗簾，光憑縫隙射入的耀眼朝陽就能感受到。

草也沒有週五的記憶，因此今天對他來說就像週四的延續。他幸福到想哼歌，打開手機裡的日記 **APP** 卻嚇個半死。

『親愛的野原草也同學，聽說週四有數學Ⅱ的小考。』

天澤的日記從一開頭就顯得很不對勁。看來小考的事還不到二十四小時就傳入他耳裡，不知是誰告訴他的。

『你都沒在讀書嗎？既沒預習，也沒複習？其實只要認真聽課，小考根本小菜一碟。你用我的腦袋怎麼還能考成這樣？不准用我的身體耍白痴！』

天澤這次說話可不是普通地難聽。

他才不是天使。見他連篇咒罵自己，草也終於認清這裡是現實世界，而非天堂。

『你沒資格吃達斯冰淇淋！』

「咦，天澤，你不跟我們去咖啡廳喔？」

週六中午他跟人約好去唱歌。

那些外校女生和草也等人雖是初次見面，但性格開朗又好相處，大家很快就打成一片，離開 **KTV** 包廂時已經說好要續攤。

「嗯，我還有事，不好意思。」

唯有草也一出店門就和大家道別。他剛才在KTV已善盡炒熱氣氛的職責，因此岩橋等男生也沒有強迫他留下。

若在外玩一整天，他內心會有罪惡感。

天澤狠狠罵了他一頓，讓他清醒了。

對方說草也沒資格吃冰，但那盒冰他已當作飯後甜點吃掉，不可能回來。再者，草也用他的破腦袋想也知道，自己應該在冰品以外的方面展現誠意。

他曾怠惰地想，再怎麼用功念書都無法像天澤那樣。也曾武斷地認為幽靈不需要努力或毅力。

「他都讓我附身了……」

——至少不能扯他後腿。

向眾人道別後，草也回宿舍的路上去了趟書店。那間書店位於車站附近，周邊有很多學校，因此店內的參考書種類繁多。

首先該加強的科目是數學。草也將參考書一本本拿下來看，找到一本無論說明或版面配色都十分順眼的書，宛如找到失散多年的戀人或兄弟。

那本書並非特別暢銷，但他仍決定買來用，正這麼想時，身後忽然有人開口說話。

「買參考書啊？」

一轉頭，看見那個比自己高的人，內心驚詫不已。

「市、市來！」

草也下意識後退，差點撞上書架，市來說了聲「小心」並抓住他的手，將他拉了回來。

「抱歉，嚇到你了嗎？昨天跟你聊了小考的事，你說想買參考書，所以我猜你可能會來這裡。」

「啊……」

看來小考的事是市來告訴天澤的。

而且他還因為草也……不，天澤可能在這裡，而特地跑來書店。

「有找到適合的嗎？」

「呃，有、有啊，這本感覺好像還不錯。」

「我看。」

市來探頭望向草也手中的書，小小的動作讓還跟不上狀況變化的草也心臟猛跳。

他靠得好近，臉就近在眼前。瀏海隨著低頭的動作搖晃，快碰到草也卻又還沒碰到，但草也仍感覺得到一股女孩子般的香甜氣息。

沒想到他竟然會用花香味的洗髮精。

——而且還穿便服。市來穿便服！

高中生週末沒事不太會穿制服。市來穿著T恤和黑色牛仔褲，打扮輕鬆。學校六月換季後穿的也是短袖，但市來這件衣服的袖子比制服更短，露出一點上臂，讓草也感到很新鮮。

他平常那纖瘦的身形或許只是視覺效果。市來長得高，所以整體看下來偏瘦，但其實手臂肌肉很結實，很有男人味。

「我也買一本好了。這樣下去成績不太妙。」

「咦，市來你也會念書嗎？」

「多少會念一點。」

他上課經常在睡覺，所以草也還以為他沒什麼心思念書。這麼說來，那場小考後他也說「本來想念書但被睡魔擊敗了」。

兩人拿著同樣的參考書走向櫃台，結完帳後正準備走出店門，市來卻忽然停下腳步。

這間大型書店門口有家咖啡廳，廣告看板上展示的是已和聖代無異的豪華飲品，市來看了整整五秒後轉過頭來。

「……要不要喝點東西再走？」

他為什麼要猶豫那麼久呢？

草也當然樂意和他喝杯茶。

聽見草也二話不說點頭說「好」，市來顯得有些意外，草也對他的反應感到困惑，跟著他走進店內。

咖啡廳在書店隔壁，因此有不少人來此念書。他們決定坐在戶外的空位。市來似乎對看板上的飲品不感興趣，到櫃台點了冰咖啡。草也則點了甜品類的香蕉奶昔。

時間已近傍晚，但夏季白天較長，外頭還很亮。兩人隔著圓桌相對而坐，雖然只是來咖啡廳小憩，卻有種約會的感覺，讓草也單純的心又躍動起來。

事實上從擁擠的店內逃來戶外座位的，還真的都是情侶。

「這本果然很不錯，跟你買同一本是對的。」

市來咬著插在塑膠杯裡的綠色吸管，翻閱剛買來的參考書。草也吸著彷彿在和吸力對抗的濃厚香蕉奶昔，不時瞥向他的臉。

不過是剛入學時被他幫助過一次，卻一直對他抱有好感，連草也自己都覺得奇怪。最怪的是他們倆還都是男的。

——對了，有女生說過。

減肥要慢慢減，一點一點接近自己的理想，這就是不會復胖的祕訣。這樣身體就會將瘦當作正常狀態記下來。

將減肥和戀愛相提並論好像有點怪，但近一年來草也心中的愛慕之情日漸累積，或許因此習慣了這樣的狀態。

他漸漸覺得，像個少女一樣對市來怦然心動沒什麼好奇怪的。

亦認為這股占滿胸口的情感極為自然。

直到離開那天，草也一直喜歡市來，一直暗戀著他。

「……好像在作夢。」

草也不自覺鬆開吸管，吐出一句呢喃後，突然回過神來。

「咦？」

「呃，沒有啦，就覺得假日和你一起坐在這裡，感覺很不真實……」

這句話和前面那句沒太大差別，完全不成辯解。而且市來和天澤是朋友，一起出來玩明明就很正常。

市來望著神色慌張的草也，一對到眼立刻別開視線。

他垂下眼眸看向桌子，露出苦笑。

「我才想這麼說。沒想到你會答應邀約。」

「咦……」

原來他盯著看板那五秒，是在猶豫要不要提出邀約嗎？

市來和天澤看似很常交談，但他們的交集可能僅限學校內。

草也放在隔壁空位的包包中有天澤的手機，他的LINE好友名單裡有市來的帳號。

然而兩人看起來毫無交流。

聊天室是空的。

「啊，不過之前有跟你一起看過電影。」

「咦，有……有嗎？」

「正常來說哪會忘記啊。但那時候我們只是剛好在電影院碰到……啊，這個例題好像和小考題目有點像？」

「咦，哪一題？」

「這題。只有這題我怎麼看都看不懂。」

草也傾身向前，望向攤開的參考書。豈止一題，他根本每題都不會。

他們不知不覺討論起數學公式，開了個簡單的讀書會。還好他心念一轉沒跟去續攤，這才是高中生較理想的假日行程。

夕陽西沉，晚風習習吹來。

市來的頭髮在眼前晃動，草也下意識嗅聞。可惜風向不對，他完全聞不到剛才那股香甜氣息，只好抬眼偷看男孩的臉，不禁心跳加速。

他的頭髮在高挺的鼻梁上搖曳，一下向左，一下向右。低垂的眼眸直直盯著參考書。

「怎麼了？」

市來未抬起視線，問了這麼一句，使草也略感吃驚。被發現了。

「呃……想說你的瀏海好像有點礙事。你的瀏海一直都很長呢。是刻意留長的嗎？」

他頸後的頭髮不長，因此整體看來不像長髮，但也不像懶得剪的樣子。

「因為方便。」

「咦……」

「這樣上課睡覺才能把臉遮住。」

草也沒想到是這原因，驚訝地睜大了眼。這一瞬間的沉默，使市來停下在空白處寫字的動作，抬起頭來。

「你是不是在想『這什麼鬼理由』？」

「我、我沒有。雖然有點意外，但覺得這髮型很適合你！」

草也不小心辯解得太賣力。就連市來也聽出他並非只是想找台階下，而是真心這麼認為，從市來瞪大的眼睛就能看出來。

「啊，不、不對。」

草也支支吾吾起來。

「不對嗎？」

「呃，不，沒有不對。我不是說這髮型不適合你……呃。」

「到底適不適合？」

市來臉上先是浮現笑意，而後忽然噴笑出來。笑到連肩膀都在顫抖。

男孩平常很少像這樣大笑，可能因為在忍笑的關係，笑聲聽來有點奇怪，但笑彎的眼睛很溫柔。

「市來你很帥。不只髮型，整個人都很帥！」

草也緊張到聲音上揚，但仍奮力說道。

這種話他身為野原草也時絕對說不出口。

正因從未傳達過自己的心意，才會有所眷戀，繼續留在這世上。

所以他現在想要誠實以對。或許是因為借用了天澤的身體，才得以在離世之後鼓起勇氣。

而且市來應該也知道自己長得很帥。

他平時沉默寡言，對女生來說不好親近，情人節卻收到大量巧克力。其中還有一個是號稱年級第一美女的隔壁班女生送的。
草也總是偷偷注視市來，所以知道這些事。
「……什麼啦。」
聽見草也直率的稱讚，市來臉上的表情消失了。
他直直地盯著草也，但這次沒有噴笑，雙唇始終保持緊閉。
就連遲鈍的草也也察覺到氣氛改變。市來將視線移回參考書上，風仍不停吹動他的瀏海。
戶外座位可以直接感受到日落的變化。氣溫變得微涼，兩人沒多久就離開咖啡廳。
市來並未顯露不快，甚至還順手幫草也丟了塑膠杯，但草也心裡依舊亂糟糟的。
「市來，你在生氣嗎？」
草也下定決心開口詢問。
「生什麼氣？」
「因為我剛剛說了奇怪的話。」
「誰會對稱讚自己的人生氣啊。」
「可是……」
市來的態度顯然不尋常。
兩人在人行道上走了會兒後，草也停下腳步，市來不得已只好停下，轉過頭來。
「你是個耿直的人，剛才那是在說一般人對我的想法吧，謝謝喔。」

「倒也不是……」
「但我不太想聽那種話。」
市來臉上堆滿苦笑。
「我跟你告白過，這個你總不會忘了吧？」
「……咦？」
草也倒抽口氣，市來接著說出更令他啞然的話。
「而且你還甩了我。」
草也震驚到渾身僵住。傍晚的人行道上當然有其他人，這裡離車站不遠，路上人來人往，但人多到反而沒什麼好在意的了。
在人流之中，兩人動也不動地凝視著對方。
市來長臂一伸，輕觸草也的頭髮。
大手揉了揉那淺色頭髮，雖不如市來的滑順，但很柔軟。
「為什麼要讓我碰？」
明明是他自己碰的，卻說這種話。
草也彷彿呼吸困難般，雙唇不斷張闔。
「你最近好奇怪，跟以前不太一樣。你以前絕對不可能稱讚我，反而還常常虧我。總覺得你很不討人喜歡，但又知道你還是有可愛之處……唉，我在說什麼。」
市來收回手，掩住自己的臉。彷彿長瀏海還不足以遮掩似的，自己遮住那張在夕陽下

顯得更紅的臉。

「總之就是這樣，你不要隨便說那種話。是說別這麼安靜，說點話好嗎？這樣會害我以為你改變心意了……」

「你、你真的喜歡我嗎？」

草也聲音興奮地上揚，內心積累的情緒一次爆發。

——市來喜歡我。

他的頭腦好不容易恢復運轉，下一秒旋即停止。

「天澤，你……」

聽見這稱呼，草也才想起自己現在身心並非同一人。

「啊……沒事，抱歉。」

草也搖了搖頭否認。

——我不是天澤。

有條不紊。

這就是天澤房間給人的印象。

他雖是年輕男生，房內卻沒有任何雜亂之處。不只是物理上的整潔，就連精神上也是。

儘管住宿舍，但身為各種意義上都血氣方剛的男高中生，房裡應該至少會藏有一本黃色書刊，但天澤房裡什麼都沒有。

他不只有完美主義，還有點潔癖。就各方面來說都是個很有條理的人。

或許正因如此，天澤才無法接受市來的告白。戀愛雖沒有好壞之分，但同性戀畢竟是少數且非一般的狀況，這是不爭的事實。

草也回到宿舍後，在書桌前坐下。

他不記得是怎麼和市來分開、回到宿舍的，唯一確定的是自己受到了很大的衝擊。

本應隨著火葬升天的草也，因懷有深深的眷戀而流連在世上，如今心情卻低落到彷彿整個人都要深埋進地面。

不過，他認為市來喜歡天澤是再自然不過的事。畢竟市來雖愛獨來獨往，卻常和天澤聊天。

『今天和岩橋他們去了KTV。』

草也像在寫紙本筆記般端正地坐在書桌前，打開手機中的日記APP，開始記錄今天發生的事。

直到和市來在書店偶遇的過程，他都記錄得很詳細，但寫到這裡就停了。

猶豫了很久，還是沒寫下去。

他不過是得知了過去的一場告白，市來和天澤的關係並未發生變化。擅自將這件事告訴天澤，總覺得有點過意不去……話雖如此，但其實對市來而言，無論是他還是真正的天澤，始終都是「天澤」。

『抱歉。』

市來聽到那句道歉時露出的傷心表情，深深印在草也腦海裡。

「什麼抱歉……我才不想說這種話。」

他當時驚訝到想大叫：「我也喜歡你！」要是真能這麼說就好了。

草也好羨慕天澤。超級羨慕有張漂亮臉蛋，住在漂亮房間，還被市來喜歡的天澤。

此外，還有點恨他。

自己望眼欲穿想得到的事物，天澤竟然棄如敝屣。

這世上有很多事還是不知道比較好。或許正因如此，人死後正常來說才會什麼都不知道。

草也打完日記後什麼都沒做，就只是一直盯著手機嘆氣。原想趴下卻又想到一件事，將變暗的螢幕再度點亮。

他在日記最後加了一句。

『天澤，你有喜歡的人嗎？』

感覺天澤不會回答，所以草也又加了「YES」和「NO」的選項。

「週二了。」

手機的鬧鐘音樂還播不到一小節，草也就醒了。

宿舍牆壁有點薄，甚至能聽到隔壁的鬧鈴聲，平日總在同一時間響起。這間房的右側以前是草也房間，後來一直空著，左側則住著一個同年級的男生。

草也看了眼手機畫面，今天確實是週二。昨天輪到天澤去學校，頭頂上方的牆壁掛鉤上整齊地掛著制服。

配有水藍色領帶的白色襯衫燙得十分平整，灰色長褲的摺線也燙得很直。

草也曾因制服問題，被天澤罵過一次。由於他們是輪流上學，天澤穿的制服勢必得由草也在前一晚準備好。

『給我燙好一點！你不知道這是誰要穿的嗎！』

現在想想，天澤從那時候起就開始對草也講話不客氣了。

或許已經不把草也當外人了吧。

但他們也不是家人，這種複雜奇怪的關係只能用超自然來形容。

草也醒來後坐在床邊，一臉緊張地操作手機。從日記看來，昨天並未發生什麼大事，也沒有和市來相關的紀錄。

『天澤，你有喜歡的人嗎？』

面對草也的提問，天澤沒有在YES或NO上畫圈，只回了一句：『問這個幹嘛？』很符合天澤酷酷的作風。草也雖然鬆了口氣，卻又有些失望，心情複雜到難以言喻。

宿舍早餐採自助式，可自由用餐。草也簡單吃點東西後換上制服，在往常的時間上學。穿越走廊時就已經有一些同學向「天澤」打招呼，進教室後人數更是攀上高峰。

「天澤，早安。」

「早安！」

「班長，早。」

「早安！」

「天澤，謝謝你！」

「早……」

草也接連回應，反射性地說到一半，突然回過神來。其中有一個人不是向他道早安，而是道謝，那人正是綁著馬尾的泉水。

「昨天的巧克力好好吃，謝啦。」

「咦，巧克力？」

「你不是送我巧克力當熱壓吐司的回禮嗎？」

他雖然沒有記憶，但這麼說來，日記上確實記錄了這段對話。是貼心的天澤送的。

「喔、喔喔……對耶！」

「昨天的事這麼快就忘啦？」

「哈哈……」

草也尷尬地走向自己的座位。

隔壁的市來一如往常地壓線抵達。草也感覺到他從後門進教室，由於太過在意，不由得挺直背脊。

「早……」

「天澤，昨天謝謝你。」

對方突然回了句不尋常的話語，令草也慌張起來。

「咦，難道又是巧克力？」

「什麼巧克力？我昨天忘記帶錢包，你借我錢買午餐。」

「錢包……呃……這樣啊。」

日記上沒提到這件事。天澤很少會漏記事情。

「什麼，早知道你忘記，我就裝傻不還了。」

「咦……」

「騙你的，今天換我請你吃飯。」

市來入座後笑了笑，草也這才知道他在捉弄自己。

「不過是一次午餐錢，用不著這麼……」

「好啦，總之你先收下吧。」

市來從簡約的摺疊式黑色錢包中抽出一張千圓鈔，草也想伸手接卻不小心伸得太遠，碰到了市來的手。

他連忙將手抽回，反而害鈔票掉落。

「啊，抱、抱歉。」

草也太過在意對方，導致反應過度。若只有一次就算了，但後來「天澤」仍持續做出古怪可疑的舉動。

午休時市來邀草也去學餐，兩人像大嬸一樣不斷重複「我請你」、「不用了」、「讓我請啦」之類的對話，最後又在點餐機前弄掉鈔票。

餐廳裡人很多，兩人面對面坐在長桌兩側，草也望著面前的咖哩飯和市來，不禁垂下頭。

「今天各方面都對你很抱歉。」

市來放下盛有親子丼的托盤坐下後，笑了笑。

「天澤，你通常都隔很久才感覺到肌肉痠痛嗎？」

「咦？」

「沒有啦，因為你昨天明明超正常，今天卻有點怪……所以我在想，你是不是還在在意週六的事。是我想太多了嗎？」

不是他想太多。他將剛才為草也裝的水遞了過來，草也接過時又差點把水打翻，惹得市來苦笑。

「你是不是討厭我？」

「才、才沒有！」

他反而是因為太喜歡市來才會這樣，但市來始終一臉困惑。

他們後來便不太交談，還好最後順利吃完午餐。

兩人從分館走回位於本館的教室。校舍間的走廊上空無一人，卻可以聽見不知何處傳來的同學說話聲。這時市來說話了。

「天澤，不用再把我的告白放在心上。」

「市來……」

「該怎麼說呢，只要知道你費心思考過這件事，對我來說就夠了。」

草也抬頭望著男孩的臉，對方表情十分平靜，甚至看起來像在微笑。一道風由西往東刮過中庭，吹動他的黑髮。

「對了，差點忘了做飼育員的工作。」

市來突然這麼說。

「咦？」

「你先回教室吧。」

這間高中和中小學一樣，中庭養著兔子。聽說以前有人撿了兔子帶到學校來，之後就一直養在學校。

市來揮了揮手，就此離去。他的腳步並不急。草也目送了他一會兒，正想照他說的回教室，但想想還是覺得有點奇怪。

這所學校雖有兔子，但從沒聽過有飼育員。

草也跟隨他的腳步前往兔舍。兔舍可供約十隻兔子過上舒適生活，那些悠哉愜意的兔子正拚命在泥土地上挖洞。

白色、棕色、斑點等不同毛色的兔子縮在各處，就像一顆顆蓬鬆的毛球。

市來蹲在兔舍的鐵絲網前。遠遠就能看到他嘴唇在動，但看不出是在對兔子說話，還是在自言自語。
僅能看出那張側臉顯然很落寞。
「說要做飼育員的工作，是騙人的吧？」
草也向他搭話。鐵絲網上貼有『生物社以外禁止餵食』的告示。
「要是有這個職位就好了，兔子這麼可愛。」
男孩頭也不回地說。
草也擠出聲來對他說道：
「我……搞不太懂。」
「……不懂什麼？」
「我們兩個都是男的，所以我還來不及思考喜不喜歡，就只能先拒絕……總覺得是這樣。」
他的言詞含糊曖昧，就像在談論別人的事一樣。事實上，天澤和草也確實是不同人，草也現在雖然寄宿在別人身上，但仍是個人。
「市來，我想和你交往看看。」
這是他的真心話。
但現在這只是草也一廂情願的想法。
「交、交往之後說不定會有什麼變化，如果你願意……我們可以利用一週裡一半的時間，在星期二、四、六的時候交往，若你能接受……」

這下子已分不清是誰在向誰告白了。

草也不顧一切，只希望市來能回心轉意。

市來單手抓著鐵絲網，不知何時已抬起頭望著「天澤」，半信半疑地問：

「意思是，要試著交往看看？你真的願意嗎？」

就像在質問草也本人一樣。

草也和市來約好週六要出去玩，沒過多久這天就來了。

這不是心情上的問題，因為草也每週只輪三次班，對他而言一週一眨眼就過完了。

「嗨。」

市來在車站前的集合地點舉手打招呼。他光是呆站在一處，就因為高䠷的身材而引人注意。

四周的女生也紛紛偷看他。他今天穿著藏青色POLO衫，搭配卡其色緊身褲，打扮較為時髦。草也身穿格紋襯衫，不禁擔心自己相較之下會不會顯得太孩子氣。

而且他又不是女生，總覺得自己沒資格和市來出去玩。但他發現周圍的人也在關注自己，這才想起自己現在不是野原草也，而是「天澤」。

他什麼都還沒告訴天澤。

畢竟一旦說了，天澤一定會說「不行」。

現在是嘗試交往期間，今天也只是一起出去玩而已。他之前未獲許可就和岩橋他們去唱歌，沒道理不能和市來出去玩。

對了，而且他們倆誰也沒說這是約會——

「抱歉，市來，等很久了嗎？」

「不會，我也剛到。想說可以看場電影，所以事先查了一下。」

「看電影？」

看電影根本是最典型的約會行程。

說起來，他們沒決定要去哪裡，只約好假日要單獨見面，這樣的行程本身就堪稱約會了。

「天澤，你有其他想去的地方嗎？」

「沒有，哪裡都好。看電影很好啊！呃……這是我們第二次一起看電影吧。」

「對啊。然後我猜你可能喜歡這部。」

草也想起市來說他們曾在電影院偶遇。市來雀躍地將手機拿給他看，展示附近電影院的場次表。

市來這樣子好可愛。

他真的沉浸在戀愛中。

——但他喜歡的是天澤。

「現在去吃午餐，吃完時間剛剛好。」

「那我先買票。」

他們在速食店簡單吃過午餐，多虧市來辦事俐落，提早買了票，電影也順利看完了。那是一部奇幻類型的日本電影。故事描述外星人從遠方來到地球，但既未侵略地球，也未展開冒險，就只是混入地球人當中，過著不習慣的日常生活，是這樣一部溫馨喜劇。草也一開始只想「哦，原來天澤喜歡這種電影」，看到後來自己也逐漸為劇情所著迷。

「好好看！」

「對啊，滿有趣的。」

男孩走在人行道上低頭望著草也，眼神很溫柔。草也現在戴著「天澤」的面具，這是當然的。

草也不經意想起小時候逛祭典攤位時，家人為自己買的面具。

那是他最喜歡的戰隊英雄面具。光是戴上面具就有種成為英雄的感覺，走路都有風。

明明就只是個塑膠面具。

「要吃嗎？」

「……咦？」

聽見市來的聲音，草也才意識到自己一直盯著路旁的冰淇淋店。

「畢竟今天這麼悶熱。喔，好像很好吃。」

店門口有人在排隊，感覺生意不錯。兩人邊排邊討論要點什麼口味。

「市來，你先點吧，我還在猶豫。」

輪到他們時，市來原想讓位，但草也叫他先點。這間店的口味選擇眾多，草也歷經幾番猶豫，終於在市來點完、輪到自己時下定決心。
他要點最受歡迎的初夏口味，麝香葡萄香草。玻璃窗裡的冰淇淋盒已快要見底，只剩下一人份。
「麝香葡……」
正要點餐時，他麝香葡萄四個字都還沒說完，身後的男人就咂了下嘴。
排在後方的情侶似乎也想點麝香葡萄。草也連忙接過外帶的冰淇淋，走向等在門口的市來。
兩人邁步準備去附近公園的長椅坐著吃冰，這時市來開口了。
「與其吃珍珠奶茶風味的冰淇淋，不如直接喝珍珠奶茶。」
「咦……」
「你剛才排隊時明明這麼說，結果還是買了。」
「對、對啊，我不討厭這口味。」
草也手中的白色紙杯裡，裝的不是清爽淡綠的麝香葡萄冰，而是呈混濁奶茶色的冰淇淋。
「買自己想吃的就好了嘛。」
兩人並排坐在一進公園的長椅上，草也聞言感覺到對方的傻眼，轉頭望向市來。
「真像你的作風。你是因為顧慮排在後面的人，才沒買自己想吃的對吧？體貼過頭了啦。」

「倒也不是體貼……」

天澤或許是個體貼的人，但草也不過是習慣看人臉色罷了。不過是個膽小鬼。真要說什麼過了頭，應該是小心過了頭。

缺點沒什麼好引以為傲的。

草也差點就陷入沮喪，市來將麝香葡萄口味的冰遞到他面前。

「吃我的吧。」

「咦，沒關係啦。」

「我也想吃吃看珍奶口味的。」

面前的紙杯令草也有些不知所措，但看見男孩的靦腆笑容，他仍不禁高興起來。

市來也是個體貼的人。

草也打從一開始就知道了。

「咦，沒想到吃起來還滿像珍奶的……不過仔細想想，這款麝香葡萄的冰其實也只是『麝香葡萄風味』而已。」

男孩邊說邊將湯匙送到嘴邊，草也偷看了一下他的側臉。選不同口味似乎是正確的。

他和市來分食著冰淇淋。

像在懲罰他偷看市來似的，冰冷的雨滴打在他臉上。

他仰望天空，這次雨滴落在他額頭正中間。

「啊，下雨了。」

天空從中午過後一直陰陰的。

時而放晴，時而多雲，進入梅雨季後雨天也變多了。草也離世後，這世界的天氣依舊多變，季節不斷推移，時間逐漸流逝。

這感覺好奇怪。

自己身後仍能看見世上的光景。或許就像有些電影在片尾播完後會有彩蛋一樣。

「趁雨變大前回去吧。」

身旁的男孩同樣仰望著天空說道，草也忽然覺得就這樣分開有點寂寞。

這明明已是一段彩蛋般不可多得的時光，他卻還想再和市來多待一會兒，未免太貪得無厭。草也用透明的塑膠湯匙舀著冰送到嘴裡，正想點頭時，市來開口道：

「對了，要不要來我家？跟宿舍相比，我家離這裡比較近。」

原本索然無味的冰和話語，一下子又變得甜蜜起來。

兩人去了趟車站附近的超商，走出店門後，市來指著煙雨濛濛中的一棟建築物說：「我家在那。」那是棟住宅區常見的、外牆貼有磁磚的大樓，然而越靠近，草也的心臟就跳得越快。

或許是因為他們在超商臨時買了把塑膠傘，兩個人共撐的緣故。

「突然去你家，會不會打擾到你家人？」草也憂心地問，市來回道：「放心，我家裡現在沒人。」不但要去他家，而且還是「兩人獨處」，草也知道後完全無法冷靜。

「啊，邀你來我家沒有其他意圖。」

直到走出大樓電梯，市來才終於想起這件事，連忙解釋道。

「這、這我當然知道。」

草也支支吾吾，毫無說服力，市來只好再度強調：「是真的。」然而一到家後他的努力全部功虧一簣。

「你們怎麼在家！」

市來開了鎖，先一步進到室內，玄關響起他的聲音。草也原想跟著進去，聞言隨即握住門把，在半開的門外動也不動地聆聽。

「遊樂園之約取消了。小悠媽媽打電話來，說他發燒。」

「那妳自己帶繭香和駿太去就好了嘛。」

「對方希望不久之後再一起去啊……怎麼了？我們在家不行嗎？咦，難道你帶女朋友回來？」

市來的母親說著說著，終於發現門口有人，猛地將門推開，草也就像巢穴被人挖開的小動物般愣在原地。

市來和媽媽簡直是一個模子印出來的。市來若把頭髮留長並綁成一束，或許就是這個樣子。是位臉型稍長的苗條美女。

「啊……」

草也和市來媽媽四目相對，不約而同眨了眨眼。

「你朋友啊？」

「初、初次見面，我叫野……天澤奏，是市……一馬的同學。」

「哦，一馬也交到朋友啦！而且還是這麼漂亮又可愛的朋友……」

市來媽媽稱讚道，被推開的市來不滿地低語。

「別說得好像我沒交過朋友似的。國中時不是還有帶朋友回家嗎？」

「那不是女朋友嗎？雖說你們好像分手了。」

「好了啦，媽……」

「你回來得正好，樓上的伊藤太太有事找我，我正想出去一下。麻煩你顧一下小蘭他們囉。」

「咦咦！」

市來媽媽未回應兒子的驚呼，只對草也說了聲「慢慢玩喔」就和兩人擦身而過，走出家門。

「總覺得……有點抱歉。」

市來一臉尷尬地請草也進屋。才進客廳沒多久，一個貌似市來妹妹的女孩便晃著雙馬尾，衝到走廊上。

「哥哥，歡迎回來！」

或許該說撲到市來身上比較正確。

她是個有著水汪汪大眼的漂亮女孩，年紀大概只有國小低年級左右。

「哇……好可愛。」

「……你是誰？」

女孩抱著市來的腰，用打量的目光仰望著草也說：「你應該不是女生吧？是哥哥的朋友嗎？」那口氣彷彿不歡迎女生似的。

可能是不希望自己引以為傲的帥氣哥哥被人奪走吧。草也和她一樣鍾情於市來，因此很懂她的心情。

「他是我朋友。藺香，跟人家打聲招呼。」

「你好，歡迎你來。」

「妳叫藺香啊，打擾了。」

妹妹的年紀和市來差很多，弟弟差得更多。草也才在想怎麼沒看到人，就發現市來弟弟趴在沙發上呼呼大睡。

是個只有三、四歲的男孩。

「原來駿太在睡覺啊。」

「他剛剛還在哭呢，真受不了。因為沒辦法去遊樂園。」

「妳應該跟他一起哭了吧？」

「才、才沒有！」

妹妹鼓起臉，似乎被市來說中了。市來不以為意，從斜肩包中拿出一個綁著紅緞帶的透明包裝袋。

「這個給你們吃。」

草也完全沒發現他買了小禮物。看來他不論何時都沒忘記家人。市來可能是因為害羞，而將袋子硬推到妹妹軟綿綿的臉上。

看來是一包餅乾。

「珍珠奶茶口味的餅乾？」

「剛才去了間冰淇淋店，能帶得回來的只有這一款了。」

「我比較想吃冰淇淋！」

「冰淇淋會融化啊……」

兩人你一言我一語時，弟弟聽見哥哥的聲音，醒了過來。

「葛格？」

市來俯下身摸摸他柔順的頭髮，弟弟半夢半醒拉住他的衣角，抓著不放。

動彈不得的市來用無助的眼神望向草也。

「真的……對你很不好意思。」

他二度道歉。

「咦？真的沒關係啦。」

「你隨便坐吧。繭香，端茶給客人喝。早上不是有泡麥茶嗎？」

「對了，這些零食大家一起吃吧。」

望著繭香走向廚房的小小背影，草也忽然想起自己手中提著超商塑膠袋，從中拿出盒裝零食。

「這些又不是買給他們吃的。」市來說著拚命道歉，幸而他的弟妹聽了都很開心。妹妹端著麥茶回來時，市來的弟弟駿太也已清醒，一群人和樂融融。

真是段愉快的時光。後來市來媽媽回家，兩人移至市來房間時，草也甚至有點捨不得。草也當然也有家人，但他再也無法用原本的身分見他們。

感傷歸感傷，但他還是很高興能看見市來令人意外的一面。

「果然不該邀你來我家的。你一定嚇了一跳吧？我家很普通，弟妹年紀又都還小。」

房裡擺著簡約的灰階色系家具，很有市來的風格。床前有一張黑色的方形矮桌，兩人分別坐在桌角的兩側。草也環顧四周，以閃亮的眼神應道：

「很開心能見到你的家人。」

「我之前有簡單提過，他們倆是我繼父的孩子，我則是媽媽帶來的。繼父一直獨自在海外工作。」

「這樣啊……他們兩個都很愛哥哥呢。」

「當然囉，畢竟我也會照顧他們。我媽要上夜班，滿辛苦的。」

「呃，你母親是……」

「護理師。現在已經好很多了，以前只要她上夜班，駿太就會哭哭啼啼，很難哄睡。別看藺香那樣，她也會跟著一起哭。所以我白天才會老是想睡。」

「啊，所以你經常上課睡覺是因為……」

男孩發現自己不小心抱怨起來，連忙望向草也。

被瀏海遮住的雙眼游移了會兒。

「別告訴我媽喔，說了她會很在意，怕自己耽誤到我的學業。反正我成績也還可以。」

「市來你很體貼呢。」

「還好啦……畢竟我爸媽還得努力賺錢，付藺香和駿太的學費。我們家也還有房貸要繳。」

他對家人的愛令草也肅然起敬，不禁笑盈盈地望著市來。

市來像是敗給他似的承認道：

「好吧，我也不討厭吵吵鬧鬧的生活。」

「……嗯，而且他們兩個又很可愛。剛剛跟他們玩得很開心。」

草也原想厚著臉皮說「還想再來」，但猶豫了一下。

「可是……跟我交往沒關係嗎？……我畢竟是男的。你母親以為我們只是朋友……藺香也是。」

「我也想問你啊。」

「咦……」

「我和你不同，不會顧慮別人，只會選擇自己所愛的事物。」

市來忽然斂起表情，將原本因害羞而別開的視線移回草也身上。

「吃冰時會選最想吃的口味，交往時也只會和喜歡的對象在一起。我並不覺得顧慮別人，或以別人的想法為優先有什麼錯，甚至還很佩服這樣的人……不過我自己做不到就是了。」

他真是個直來直往的人。

有時令人捉摸不定，有時我行我素，有時甚至有點玩世不恭的味道。但或許他只是誠實面對自己的內心，坦率地表達出來。

而現在，他的目光焦點全都放在——

「我問你，你為什麼突然想試著跟我交往？是在顧慮我嗎？」

「不、不是，我只是覺得……人心有可能改變。如、如果更了解你的話，我今後或許會有所改變……」

——天澤也是。

這段話半真半假。

畢竟他什麼都還沒對天澤說，無論是決定和市來試著交往，或是今天一起出來的事。

「天澤，我現在有點狡猾，覺得不管你抱持怎樣的心情都好，就算是趁虛而入也無所謂。」

男孩苦笑著，將屈起的膝蓋抱向自己。

「當你拒絕我，說我『不配』跟你在一起時，我幾乎要死心了。人心真的很容易改變呢。」

「咦……我說你不配跟我在一起？」

「是你自己說的啊，可別說你忘了喔，我打擊還滿大的。不，應該說打擊超大……就像『轟』的一聲被雷擊中，世界就此終結一樣。」

男孩試圖描述自己受到的衝擊，但似乎認為這比喻過了頭，輕輕搖頭。

「好像太誇張了。不過……後來真的打雷了。我這才意識到明天不一定會到來，害怕起來。」

『說那種話太過分了。』

雨勢在傍晚變大。

草也雖撐著傘，褲管還是淋溼了。但他回宿舍後沒有馬上換衣服，而是拿起手機坐在床邊。

他在日記**APP**中記錄下今天發生的事，衝動地寫下和市來見面以及背後的原因，並且責備天澤說過的話。

就算要甩人，也不該對喜歡自己的人說那種話。而且說對方配不上自己，這想法本身就過於傲慢。

『你這麼聰明，應該能想到更好的表達方式才對。就算你再會念書，也不必說那種話……或許你認為有必要，但我還是覺得說那種過度傷人的話很殘忍。』

由於不是紙本筆記，他可以不斷寫了又刪，甚至可以一口氣刪光。只要輕輕一碰垃圾桶的圖示，日記就會消失無蹤。

草也短短的一生總是在看人臉色。對他而言，發脾氣是所有情緒中最困難也最無謂的，因此這可說是有生以來第一次。

而且對方還是天澤，倘若正面對決他絕對打不過。

「不能刪，絕對不能刪。如果不說，他什麼都不會知道。」

這可不像冰淇淋那樣可以輕言放棄。要是坐視不管，天澤可能會再對市來說些難聽的話。

他雙手用力握緊手機，若手裡握的是冰，早就融化不見了。

其實他現在根本沒什麼好怕的，死人不但無嘴，也無敵。只要稍微拍拍活人的肩膀，或出現在照片中，甚或半夜跨坐在活人的胸口，不管是誰都會嚇得發抖。

——應該吧，我也沒試過。

跨坐在睡著的人身上感覺好恐怖——不行不行，心態上已經輸了。

「不要小看幽靈！我可以的！」

就算大叫為自己打氣也沒用，這是日記**APP**，又不像**LINE**或信箱一樣能將訊息送出，看見「已讀」的標誌後忐忑地等待對方回覆。他只能不斷安撫自己想要反悔的脆弱心靈。

這種時候就該早點睡。草也迅速換上睡衣，拉過被子蓋住頭。

——可以的。

在草也異於常人的日曆上，週六過完便是週二。

外頭風和日麗，週六那場雨彷彿只是一場夢。

他睡前為自己打氣了一番，因此醒來後神清氣爽，但拿起充飽電的手機又止不住顫抖。

『野原，想對我說教，你還早一百萬年。

你在用我的身體做什麼？我要對市來說，我根本不把他當一回事，甚至還很討厭他。

而且你是不是沒洗澡就睡了？

舍監不是說週日要檢查設備，得等到晚上才能洗澡嗎！』

文末貼滿各種表示憤怒的表情符號。

愛乾淨的天澤感覺不會做「以牙還牙，以眼還眼」這種事，但草也仍衝到洗手間的鏡子前一看，目瞪口呆。

「頭髮怎麼亂成這樣！」

他的頭髮往外亂翹，宛如燙過一般。天澤肯定是算準草也不會不整理就去學校，才採用這種最普通的報復方式。

天澤萬萬沒想到，草也才沒心情用吹風機把頭髮慢慢吹直。他朝頭髮潑了點水、將之梳平後，便匆匆忙忙換上制服，衝出宿舍。

學校離宿舍徒步不到五分鐘，用跑的一下子就到了。但他沒進校門，反而逆著人流跑，和從車站來的同學們擦身而過。

草也想早點見到市來，問他前兩天發生的事。然而抵達車站後，他才想起市來平常沒這麼早上學。

這座車站不大。他的目光掃過那些從剪票口出來、穿著同校制服的男生。如今才想到與其站在這裡等市來，不如直接傳LINE給他。

可是要說什麼？

『我昨天有沒有說什麼奇怪的話？』突然這麼問也太奇怪。是不是應該先說『我有重要的話要對你說』？但這樣感覺更難問出口了。

他一直盯著剪票口猶豫不決，在想出答案前，等待的人就先出現了。

高䠷的身材十分顯眼。頭髮隨著步伐、隨著吹過車站大廳的微風搖晃。瀏海下的雙眼今天也顯得有點睏。

「市來！」

聽見草也的呼喚，市來訝異地轉頭。

「天澤……？」

怎麼辦？他完全沒想好要對市來說什麼。

怎麼辦？情緒千迴百轉。他左思右想，焦慮到幾乎要頭暈的地步，這時一個單純的想法從口中蹦了出來。

「我不討厭你！」

這麼說也沒錯。草也正是為了說這句話，才會一大早跑來這裡。

「咦？」見到男孩愣住的表情，草也回過神來，雙頰漲紅。

此時此地一點都不適合男高中生向男高中生告白。

「你、你過來一下。」

草也不知所措，只好摟過對方的長臂，將他拉離現場。早晨的車站周圍只有腳踏車停車場可供他們避人耳目。

「天澤，怎麼……」

「我昨天有沒有對你說些奇怪的話？」

「昨天？沒有啊。」

「真的一句都沒有嗎？」

日記上可不是這樣寫的。

不過草也忽然想到，天澤明明週一已經見過市來，卻沒有用過去式。

「喔，對了……你問我對週六的電影有什麼感想。你說『我想再聽聽你的見解』，讓我有點緊張。我沒什麼偉大的見解，只說得出『滿有趣的』。」

天澤為什麼要問市來的感想？

草也有在日記中提到和市來去看電影，但沒寫電影名稱。說不定天澤是想知道他們看了什麼。

市來的視線游移了會兒後又說：

「還有……對了，那張LINE貼圖是什麼意思？」

「LINE？」

草也剛才雖然在猶豫要不要傳訊息給市來，但今天還沒打開過LINE。他連忙查看聊天室，看見市來傳訊息道謝，謝謝他週六陪弟妹一起玩。

天澤回了張貼圖。

兩個鮭魚壽司躺在盤子上。草也故作鎮定地看著那張插畫貼圖，感覺到臉上的紅潮彷彿潮水般退去。

也太莫名其妙了吧。

「呃……我、我很喜歡鮭魚啦！」

草也不知道天澤如何，至少他自己很喜歡鮭魚。

看來天澤對市來也改採普通的惡作劇，就和草也那頭亂髮一樣。

「抱、抱歉傳了奇怪的貼圖……我好像睡昏頭了。」

「現在也是嗎？」

「對、對啊，算是吧。」

一大早到車站等人，詢問自己昨天做了什麼，這種奇怪的行為實在無法以一句睡昏頭帶過。

市來繼續詢問支支吾吾的草也。

「剛剛說不討厭我，也是睡昏頭嗎？」

「呃……」

「『不討厭』換言之就是『喜歡』吧，我還滿認真看待的。」

退去的血色又回來了。

草也的臉頰再度微微泛紅。

果然像潮水一樣。草也的情緒波濤洶湧，相比之下高架橋底下的停車場卻靜謐無聲。車位已被停滿，沒有人再停進來。微涼的空氣包圍著停放整齊的腳踏車，以及站在腳踏車前身穿制服的兩人。

「頭髮怎麼溼溼的？」

市來用長指撩起草也的頭髮，令他顫抖了一下。

「因為睡醒後頭髮亂翹。」

「你沒用吹風機吹一吹嗎？奏你乍看做事很牢靠，有時卻少根筋。真不知該不該說你可愛。」

心愛之人開心地呵呵笑了起來。他肯定正瞇起眼睛注視著草也。草也羞於出現在他視線中，不由得低下頭。

「……對不起。」

他低下頭後下意識道歉。

少根筋的是他，而非天澤。

「為什麼要道歉？」

男孩對此一無所知，疑惑地問，讓草也有股罪惡感。草也遲遲不願抬頭，本應感到困擾的市來卻開口道：

「那我也先道歉好了，對不起。」

草也覺得莫名其妙。

「咦……」

他好奇地正想抬頭時，市來便俯下身靠近他。

香甜的洗髮精氣味掠過他的鼻尖。

相觸的唇瓣帶著微微的熱度。

喜歡的感覺從何而來？

喜歡的感覺要如何才會消失？

如何終結這份心跳停止後仍未消失的心意？

夜裡，草也一如往常地寫起日記。

『前略。天澤奏同學，我老實告訴你。

我喜歡市來。

這或許就是為什麼我會在這裡，並附在你身上。我很抱歉。

我真的好喜歡他。市來是個很好的人。你常和他來往，應該也知道吧？

我明白即便對方是好人，你也未必會喜歡他。但你是不是還沒有坦誠地面對市來呢？

總覺得是這樣，因為你不是會狠狠甩人的人。你連我都沒趕走了。』

雖說要趕走沒有實體的幽靈並不容易，但天澤對草也還是過分溫柔。儘管會在草也分數考差時罵他，但從來沒在筆記或日記上用過「給我消失」、「給我滾」之類的字眼。

『總之，我還是會繼續和市來見面。

我從小就喜歡吃冰，但刨冰太冰了，吃了會頭痛，所以我不太敢吃。嘎哩嘎哩君和彈珠汽水風味糖聖代也是。不過我最近覺得這些冰很有夏日氛圍，其實也挺不錯的。有很多東西即使一開始不喜歡，後來也會慢慢喜歡上。你或許也……』

在螢幕上不停動來動去的手指戛然停下。

「……好像不太對。」

用冰品來比喻，不可能說服得了天澤。

他將剛寫好的文字一個字一個字由後往前刪。不小心按得太用力，差點把所有文字一口氣刪光，他連忙將手指從螢幕上移開。

接著寫下去。

『總之，我還是會繼續和市來見面。無論校內或校外。抱歉這麼任性。』

「……抱歉好像是多餘的？」

草也寫了又改，改了又刪。若是紙本筆記，早就留下一堆橡皮擦屑和鉛筆痕跡，顯示出寫文者的苦惱心情。

幾經煩惱後，草也把心一橫寫道：

『總之，我還是會繼續和市來見面。無論校內或校外。如果你敢對市來說「我討厭你」，我就裸舞繞學校一圈！我是說真的！』

草也也不想做這種丟臉的事，但他更怕見不到市來。

他下意識用手輕觸雙唇。

腳踏車停車場的回憶湧現。他想起市來嘴唇的觸感和溫度，以及嘴唇分開那瞬間男孩略顯靦腆的笑容。

倘若逐漸累積「喜歡」的感覺，就像自己過去一年來那樣——

——天澤說不定也會喜歡上市來。

週四，草也醒來後不情願地按掉鬧鐘，打開日記APP。

每隔一天才能溝通一次，實在太讓人焦躁不安了。

個性一板一眼的天澤昨天也不忘寫日記，但草也稍微瀏覽了一下，裡頭並沒有提到市來。

天澤沒說草也今後能不能和他見面，也沒對草也的終極武器「裸舞」表示意見。

沒消息就是好消息——才怪。

『我六日得回家一趟，晚上會睡那裡，週六把身體還我吧。』

扣掉週末，草也和市來就沒機會私下見面。草也懷疑聰明的天澤可能想用實際行動妨礙他們交往，但看了LINE之後才知道他所言不假。

天澤的母親傳訊息來，說希望天澤期末考前回家一趟。她似乎很擔心住宿的兒子，經常叫他回家。

『野原你不回家嗎？如果你在意家裡狀況，可以回去看看。』

天澤最後甚至這麼寫道。

竟然還擔心別人……別鬼會想家，他真的是天使。

不過草也如今已無法用正常的方式「回家」。若以天澤身分返家，也只能扮演同班同學兼負責任的班長，說句「請讓我上香」而已。

而且他也不敢確認家裡的狀況。

他不想看見家人悲痛不已的模樣。就算能親眼見到他們、和他們說話，他也無法再用草也的身分鼓勵或安慰他們。

「不過……他們說不定已經走出來了。」

草也在上學途中喃喃自語。他撐著傘走過學校前方的小橋，斗大的雨滴打在傘上。

梅雨季尚未結束。這場雨似乎從昨天就開始下了，住宅區小橋下那條河流平時水量很少，幾乎要乾涸，如今卻變成一條濁流。

河邊高大的雜草也被濁流吞噬，在水面上載浮載沉，猶如溺水一般。草也瞄了一眼有點嚇到腿軟，不是因為高度，而是因為眼前的景象。

青草在水面忽隱忽現。

草也以前曾在溪流中溺水。

那是小學高年級時的事。溺水的不只他一個人。那年夏天他們全家去山區露營，兄弟倆在河邊玩耍，雙雙溺水。

帶走兩人的溪流非常湍急，溪水冰冷而沉重，冷到不像夏天。任憑他再怎麼奮力揮動手腳，意識仍逐漸遠去，分不清正在下沉還是浮起。草也一回神，才發現自己偶然被沖到

岩石地上。

只有他一個人。

他渾身溼透癱坐在地時，看見父母朝自己跑來。他似乎被沖得很遠。

兩人奮力叫喊的聲音傳到草也耳中。

「陸！」

那是他雙胞胎哥哥的名字。

他至今仍忘不了母親撲上來準備抱住自己時，那驚訝的神情。縱使兄弟倆像到外人無法辨別，母親仍能一眼認出兩人。

「還以為是陸……」

草也感覺到母親的失望。

兩人雖長得一模一樣，但陸的個性活潑開朗，頭腦又好，因此在學校深受老師和同學們的尊敬與信賴，是草也引以為傲的兄弟。

草也是個如同空氣般的孩子，他並不嫉妒雙胞胎哥哥，只覺得「陸好棒、好厲害」。

父母當然也愛草也，但在那瞬間，他的視覺和聽覺都接收到從未感受過的、隱微的偏心。

傘下的草也聽著滴滴答答的雨聲，面無表情地低語。

「媽大概和同學們一樣，已經忘了我吧。」

在那之後他和天澤依舊像連絡公事般，日復一日寫著日記。

天澤似乎已經默認市來的事，對此什麼都沒說。這暴風雨前的寧靜讓草也戒慎恐懼，但他仍滿心期待和市來的週六之約。

週六早上，原定還有幾個小時就要見面，市來卻突然打電話來。

『抱歉，沒想到連我也得跟著一起去。』

「沒關係、沒關係，上星期我也回了家一趟，市來你就回去見見爺爺吧。他看到三個孫子一起回老家，一定會很開心的！」

天澤回家隔週，兩人本來約好週六要一起出去，到了當天早上市來卻臨時有事。

他們一家人要回父親老家，替祖父慶祝七十大壽。

『可是突然爽約真的很抱歉，要是我媽昨天說清楚就好了……她一開始只說很久沒回老家，要帶小不點們回去給爺爺看看。』

草也接了電話後，穿著睡衣端正地跪坐在床上，看起來十分不協調。

他語帶擔心地問：

「那你現在可以講電話嗎？不用準備出門之類的……」

『現在還早。我媽昨天上夜班，還在睡覺。我們中午才要出門。』

「是嗎，那就好。」

市來可能怕傳LINE他會比較晚看到，所以特地打電話過來。

『你呢？還在睡嗎？』

「沒有，我已經醒了。」

其實鬧鐘才剛響，他抵擋不住回籠覺的誘惑，正在打瞌睡。
不過市來似乎以為他已經起床了。
『我記得你說，即使是假日你也會早起。』
草也並沒有特別早起，也沒對市來說過這種話。可見是天澤說的，但不知是最近還是很久以前。
他忽然好奇當自己不在時，天澤表現得如何。
是不是自然到連市來都未懷疑他們倆是不同人呢？雖然有人說他最近感覺變了，但似乎沒人發現他的性格會隨著星期變換。
「那個，市來……你覺得我最近怎麼樣？」
『咦，什麼怎麼樣？』
不善言辭的草也試探性地問，市來困惑地愣了一下後回答：
『很可愛啊。』
「咦、啊……我、我不是那個意思……是說，我可愛嗎？啊，也對，硬要說的話應該算可愛型的。」
草也的體溫急速上升。在宿舍的小房間裡，空調其實很涼，但他卻覺得室溫一下子變熱了。
電話那頭的市來噗哧一笑。
『哪有人自己這麼說？』

「只、只是在說一般人對我的看法。」

「一般人都覺得我可愛」好像比「我覺得自己可愛」還要自大。

草也仍處於驚慌狀態，不知道自己在說什麼。

「市、市來你也很帥啊。」

『咦……是嗎？』

互相稱讚「你好可愛」、「你好帥」，感覺不像只是在試著交往，反而更像熱戀期的笨蛋情侶。

草也將手機抵在耳朵上，倒在床上。

市來的嗓音低沉得恰到好處，聽來很舒服。

當草也豎耳聆聽時，卻聽到了意料之外的話。

『對了，說到最近……如果你還想再去看那部電影，記得找我一起。』

「咦？」

『你好像很喜歡，自己跑去二刷。』

「二刷，你是說天……我又跑去看了一次嗎？」

草也不知道這件事，日記上完全沒提到。

『不是嗎？之前要找你聊的時候，你說「不太記得劇情」，過一陣子後卻滔滔不絕地發表感想，所以我以為你去二刷了。』

「啊……我好像去了。」

『為什麼說好像？』

「我去了！抱歉，呃……沒錯，為了回想起劇情！」

『不用為這種事道歉。我只是想說，如果你要去的話可以找我一起。不過你應該不會想三刷吧。』

「哈哈……」

天澤能滔滔不絕發表感想，可見他真的去看了電影。

為什麼？如果只是對電影感興趣、覺得有趣而跑去看，大可把這件事寫在日記上。

難道是想共享同樣的回憶嗎？

——想和市來共享。

『啊，那動物園呢？我明天可以，但你說你週日沒辦法出門對吧？』

草也盯著天花板，眨了兩、三次眼後應道：

「週日也可以。」

週日是屬於天澤的日子。草也雖不能去，但若天澤代替他赴約，就能拉近兩人的距離。

『你不是說想看食蟻獸寶寶嗎？小寶寶一下子就長大了……天澤？』

「喔、嗯。」

『明天真的可以嗎？』

「真的可以。可是萬一我說不去……萬一我不能去，先跟你說聲抱歉。」

草也預先道歉。

但他總覺得天澤不會拒絕。天澤為了知道他們看了什麼電影，還特地跑到電影院，一定不會拒絕的。

「明天見。」

草也明天不會出現，但還是這麼說，然後掛斷電話。

若真的想看食蟻獸寶寶，再找一天放學後自己去動物園看就好。就像天澤一個人去看「自己理應看過」的電影一樣。

他設法說服自己，在這個突然閒下來的週六，除了寫日記外還念了點書。為了跟上課程進度，他除了數學外又買了其他參考書，當個認真的高中生。

晚上洗完澡後提早上床。睡眠不足逛動物園的話會很累，應該要多睡一點才行。

現在睡下去，醒來就是週二了。

新的一週將如常展開。

閉上眼睛，早晨就會到來。

草也的睡姿端正到和躺在棺木中時無異，在鬧鐘響之前就微微睜眼。

那是個寧靜的早晨。連隔壁的鬧鐘聲都沒聽見，整個房間闃然無聲，靜到彷彿世上所有人都消失了一樣。

汽車行駛過巷子的聲音，讓草也鬆了口氣。他習慣性地拿起枕邊的手機，看了眼螢幕。

『六月二十六日（日）』

今天是星期日。

『你要的照片。』

週三第三節是體育課。上課前同學們紛紛換上運動服，教室內鬧哄哄的。草也意興闌珊，正準備緩緩起身時，收到了市來的LINE。

或許因為剛好聊到動物，市來在句尾加了個貓的表情貼，傳來的照片則是他在動物園拍的食蟻獸寶寶。

小寶寶像鼯鼠一樣張開手腳黏在媽媽背上。體型雖小，但長長的鼻子仍與一般食蟻獸無異，長得既可愛又有點滑稽。市來照片拍得很好，草也便請他傳給自己。

到頭來，週日和市來一起去動物園的還是草也。

當天早上醒來後，草也雖對狀況感到不解，但能和市來出去玩的喜悅勝過一切。倘若天澤是因為知道他們要去動物園，而將這天讓給草也，那麼就代表他認可草也和市來交往。

然而隔天週一，醒來的仍是草也。

週二和週三天澤也都沒有回來。這哪裡是認可他們交往，根本是打算躲起來罷工了。

草也瞄了眼隔壁傳LINE過來的男孩，發現他已快換好運動服，自己也連忙站起身來。兩人四目相對，市來溫柔地笑了笑……至少在草也眼中是如此。他一會兒高興一會兒失落，一下子開朗一下子憂鬱，心情變來變去。

草也之所以如此鬱悶，是因為他不擅長運動。兩節體育課都是在天澤輪班的日子，因此打從草也還健在的高一時算起，他已經四個月沒上過體育課。

心情就像放假的爸爸突然被拉去參加運動會一樣。

而且今天上的還是田徑，無法用團隊合作或體育用具彌補體能上的不足。每個人都得測時間，可見這堂課實際上算是期末前的體力測驗。

草也在學校並非整天都黏著市來，來到操場後他們也被分在不同組。

「手長腳長的人真好，光憑這點就贏了。他應該禮讓我們一下吧，這樣才公平。」在排隊等待五十公尺短跑時，身後的岩橋這麼說。

他正望著跨欄項目的跑道。市來才剛開始跑，輕輕鬆鬆跨過第一個欄架。

「哇……」

草也不禁出聲讚嘆。市來逐漸加速，接連跨過欄架，姿態宛如田徑選手般優美，沒有絲毫多餘的動作。

後方的岩橋還在說：「沒有任何一項競賽對腿短的人有利。」從抱怨改為發表個人見解，但戀愛中的草也對此充耳不聞。儘管只是白色上衣搭配深藍色五分褲的普通運動服，只要穿在市來身上就顯得很特別。

他差點就要感謝這堂久違的體育課，卻突然被拉回現實。

「喂，天澤，輪到我們了。」

「……咦？」

該來展現「天澤」跑步的英姿了。

草也感受到巨大的壓力。身為野原草也的時候，他不必受到任何人的期待和注目，但在眾人眼中十項全能的班長可非如此。

此外草也還有點被害妄想，不，應該說自我意識過剩。他覺得全操場的人都對自己投以熱切目光，心態上早已支撐不住。

沒事的，只要抱著自信跑下去就沒問題。

即便心是野原草也，身體仍是天澤奏。他相信天澤的體能。身為幽靈沒什麼好怕的。

──可以的。

草也就預備位置，在指示下衝了出去。

右腳，左腳。身體自然地開始奔跑。他的跑步方式和大家並無不同，就像小時候學的那樣。

小孩子總愛跑來跑去，不需要什麼理由。

他和雙胞胎哥哥國小放學後，都會在公園或河堤上跑跳。記憶中仍殘留著哥哥的背影，可見自己應該跑比較慢，但當時不會在意這種小事，依舊跑得很開心。

現在也是。草也跑到終點，按捺住想蹲下的衝動，抓著發軟顫抖的膝蓋，聆聽計時的人唸出自己的秒數。

跑者兩人一組。和他一起跑的岩橋同樣氣喘吁吁地說：

「好強，你是不是更新自己最佳紀錄了？」

「咦，我更新紀錄了嗎？」

「你不是說你不太擅長跑步嗎？你說跑步是種純粹比速度的運動，並非花心思就能進步，所以你不擅長。」

看來不管怎麼樣，天澤和自己還是有類似的想法。

話說回來他竟然跑得比天澤快，簡直是奇蹟。

「好耶……但現在該開心嗎？」

草也不可置信地喃喃自語。

後來那些「花心思就能進步」、有使用體育用具的項目，他反倒因為運動不足而沒表現好。儘管不停弄倒欄架，沒能徹底扮演好天澤的形象，課程最後仍順利結束。

他喘了口氣，正準備回教室時，在校舍入口被島本叫住。

「班長～！」

又是這個撒嬌語氣，看來島本又有事相求。上次他們一同在小考中陣亡，草也完全沒幫到他，他還真是學不乖。

或許是因為被天澤本人幫助過太多次，這類的成功經驗已深深印在腦海裡了吧。

「什、什麼事？」

「班長，你六日有空嗎？」

「呃，週六沒空，週日還不知道……」

「放學後也行！期末考前你可以教我數學嗎？有些問題我自從上次小考就一直沒搞懂。」

「咦……啊，對耶，要期末了……」

真是一波未平一波又起。在放暑假前，下週還有「期末考」這個試煉在等著自己。

『前略。天澤奏同學，今年的梅雨季似乎會提前結束。如您所知，還有一週左右就要期末考，不知您過得如何呢？』

草也回宿舍後直接坐到書桌前，連晚飯都忘了吃。他一如往常拿著手機，目不轉睛盯著日記**APP**。

「……不行，這樣沒意義。」

就算在日記中對天澤阿諛奉承，也不可能連絡上對方。畢竟日記只能用來告知前一天發生的事，無法召喚不知在何處遊蕩的靈魂。

五月的期中考每一科都是天澤考的。草也不信愛面子的天澤會不顧成績，將期末考全部丟給自己，但他遲遲不回來，讓草也越來越不安。

他可能真的對草也和市來交往感到憤怒吧。

聽到他去看電影，草也還以為他想試著了解市來，看來是誤會。

草也不想抱著一絲期待苦苦等待，直到考試當天才像祈雨般拚命祈求天澤出現。

剩下的方法只有一個。

「……我來備考應該也行吧。」

他五十公尺短跑的成績不到七秒。當時他只是盡力奔跑就跑到了終點，但備考所需的努力和毅力，是跑步的好幾倍甚至好幾萬倍。

或許再怎麼發憤圖強，也不可能僅花一週就追上天澤的成績。

但他還是想試試看。要是考太差，天澤更不可能回來。更重要的是，自己竭盡全力跑完了五十公尺短跑，因而有了一點信心。

草也決定不再仰賴日記，乾脆地關掉手機。

接著拿出課本和天澤抄的筆記。

他最近不斷預習、複習，對於自己輪班日的科目已不那麼恐懼。問題在於天澤負責的科目——他戰戰兢兢地打開筆記，天澤用各色螢光筆標出重點，因此重點一下子就映入眼簾。

「啊……好像還滿好懂的。」

和草也缺乏自信的細小字跡不同，天澤的工整得就像字帖上會出現的字。

不只字寫得清晰，內容也整理得很好，草也自然而然就將之吸收進去。

週三過完是週四，週四過完是週五。六日結束後的週一，不只是新一週的開始，時序也正式邁入七月，期末考迫在眉睫。

草也每天都會醒來。

儘管輪班的密度突然加倍，但因為有個目標在，一週轉眼間就過完了。

期末考終於到來。即便沒能交棒給天澤，草也仍冷靜地考完了為期四天的考試，沒有任何一科爛到慘不忍睹。

畢竟他連六日都花在備考上。果然是世上無難事，只怕有心……鬼。

他甚至忍耐不和市來見面。『我的書要讀不完了。』市來聽他這麼說，便問：『要不要一起讀？』他壓抑雀躍的心情，回答：『我要自己努力看看。』

考試雖然結束，但還無法放鬆。他最擔心的莫過於數學Ⅱ。上次小考之後成績進步很多，但他為此投注大量心力，不會滿足於些微的成果。

週四，老師在課堂上一一點名，發回答案卷，草也拿到自己的後不禁發出歡呼。

「好、好耶！」

他以為自己說得很小聲，但在鴉雀無聲的教室中卻顯得很響亮。不，應該說大家都被草也的話嚇到，才會突然安靜下來。

酷酷的資優生天澤，不像會被考試結果影響情緒的人。

但他喜悅到無法自已。

「啊，好開心喔……」

到了午休，草也仍沉浸在喜悅的餘韻中。隔壁的市來眼中飽含笑意地望著他。

「天澤，太好了呢。」

「咦，什麼，難道天澤考滿分了嗎？」

坐在附近的岩橋立刻湊了過來，偷看草也正準備收起的答案卷，看完還「咦」了一聲。

「呃，是考得不錯，而且比我好很多！但這成績對你來說應該很普通吧？甚至比平常的成績還……」

後面的話他識相地吞了回去。這次和期中考相比多錯了一、兩題，分數是退步的。

但一想到這是自己努力的成果，草也還是很開心。他如今終於體會到努力真的會有回報。

「話說，班長也會因為考得好而開心嗎？」

島本也加入對話。

「很開心啊，因為我這次很認真念書！」

坦率的話語和燦爛的笑容，吸引了周遭同學的目光。

「總覺得……有點意外。好讚喔，感覺好親切。」

「我懂那種感覺！還以為班長不用努力，就能考到這個分數呢。」

「對啊對啊，就像那些手長腳長的傢伙一樣，該禮讓我們才公平。」

兩人有志一同，互相點頭說：「原來天澤也是人啊。」周圍其他同學似乎也有同感。

「當然啦，這種事我早就知道了。」

市來也在一旁低語，草也可沒有漏聽這句話。

由於過幾天就要放暑假，放學後草也的心情無比暢快。

氣象預報剛宣布梅雨季結束，晴空顯得尤為高遠而澄澈。草也有點捨不得直接回宿舍，便以「逛個書店」為藉口，送市來去車站。

後來又覺得直接去車站有點可惜，最後兩人一同去了公園。

站在自動販賣機前選飲料時。

「咦，我很臭嗎？」

市來突然將鼻子湊到草也髮旋附近，嚇了他一跳。

「怎麼會，我覺得很香。一聞就可以感覺到你在身邊。」

「什麼啦……」

看來因為剛考完試而情緒亢奮的人，不只草也一個。兩人有好幾天沒在校外碰面，就連並肩坐在長椅上喝飲料，對他們而言都是特別的時光。

「我、我才覺得市來總是散發著香味呢。是洗髮精的味道嗎？」

草也裝作不經意地問，市來歪著頭聞了聞自己的頭髮後說：

「喔，這個啊。味道有這麼重嗎？是我妹挑的洗髮精。就算跑進眼睛也不會刺痛的那種，專門給小朋友用的。」

「咦，是喔？」

應該和兒童用的甜味牙膏差不多吧。這麼說來，那味道確實有點像草莓。

「要聞聞看嗎？」

「不、不用了。」

草也平常老是趁市來不注意時嗅聞，現在卻連忙搖頭。出言調侃的市來拚命忍笑，草也雖鼓起臉頰，但也被這個小玩笑逗得很開心。

市來喝的是無糖罐裝咖啡，草也則是只有夏天才會喝的汽水。

一罐飲料的平凡時光中，他們聊了暑假的規畫。市來邀草也去他家。聽到又能和市來約會，草也懷著愉快的心情踏上歸途。

不知不覺間天空已浮現晚霞，如此美麗，讓他有預感明天一定也是晴天。然而他內心卻陷入不安，彷彿突然看見雨雲一般。

他很清楚原因。

人行道上沒有其他人，草也在小橋前駐足，沒有俯視快要乾涸的河水，而仰望天空。

「天澤。」

他試著喚道。

「我這次考得還不錯吧？我努力過了，所以你也……」

——不對，這麼說好像天澤才是死了的那一個。

「……我到底在幹嘛？」

飄飄然的心情已蕩然無存，草也嘆了口氣，快步走回宿舍。

他原想一如往常地逕直穿過入口，卻發現擔任舍監的中年女性正在門口整理鞋盒。他們宿舍得在入口脫鞋，室內必須穿拖鞋。

「辛苦了。」

「是天澤啊，歡迎回來。你來得正好，我正在整理鞋子，如果有不要的可以跟我說。」

「喔……好的。」

「這個鞋盒是你的吧？」

舍監遞來的鞋盒上和冰箱裡的冰淇淋一樣，用奇異筆寫著「天澤」二字。草也打開蓋子一看，心裡一驚。

「不是嗎？」

「沒錯，是我的運動鞋。」

草也將鞋盒放回原位，帶著發現的東西回到二樓房間，像做了壞事似的心臟猛跳。

他手裡握著一把銀色小鑰匙。

一眼就能看出那是上鎖抽屜的鑰匙。

草也不想破壞和天澤之間的信任關係。煩惱了好一會兒，但想到或許能找到線索讓天澤回來，他再也按捺不住。

萬一裡頭放的是黃色書刊，就假裝沒看到好了。

「咦……」

他毫不費力地打開側邊抽屜，映入眼簾的是書。

既非黃色書刊，也非漫畫。那些書如同陳列在書架上般整齊排列，從書脊可以看出全都是參考書。雖說放在抽屜裡一點也不奇怪，但草也想不出他為何要藏起來。

說不定只是披著參考書外皮，裡頭其實是——他狐疑地翻了翻，每本都是貨真價實的參考書。

他想起同學們在教室裡的對話。

天澤想隱藏的，或許是比別人更努力、更用功念書這點。

草也不懂。他為何要假裝成如此優秀的人呢？

世上很少有不用努力的天才。草也如今也明白，用功念書後考到好成績時有多開心。

他很高興能坦率地說「我努力過了」。

「當個普通人就好了嘛，市來也會認同你的……再這樣下去，天澤你會變得不正常喔。」

當個從不示弱的人或許很帥沒錯，或許還能獲得眾人的稱頌。

但這樣一來，有誰了解真正的天澤呢？不被人了解的天澤，難道不會感到孤單嗎？

「啊……」

草也將參考書一本本抽了出來，儘管怎麼翻都不是假的，卻因此發現抽屜深處的東西。是一個手掌大小的扁盒。

他打開原本可能是用來裝餅乾的小盒子，看了幾秒後喃喃自語。

「……不會吧。」

裡頭有張小紙片。

是電影票根。那是部國外的奇幻電影，去年很紅，連草也都知道。市來說他們曾偶然一起看了部電影，想必就是這一部。

裝在小盒子裡，收在上鎖的抽屜中。不過是張電影票根，天澤卻一直留到現在。草也數秒之間就明白他的心情。

草也將參考書隨意堆在面前的書桌上，雙手抓著小盒子茫然若失。隔了好久才想起一件事，從制服口袋中拿出手機。

好亮。直到點開手機螢幕，草也才意識到房內已開始變暗。他打開平常用的日記APP，邊滑著頁面邊思考「那是什麼時候」。

「……找到了。」

六月初他在書店遇見市來，聽說告白的事後，寫了那篇日記。

『天澤，你有喜歡的人嗎？』

儘管知道天澤不會回答，他還是忍不住這麼問。當時沒獲得回應的是非題上，不知何時多了個記號。

「YES」被用紅色螢光筆圈了起來。

『奏哥，你怎麼還不回家？去年不是一放假就回來了嗎？』

面對天澤妹妹傳來的LINE，草也不知所措。肯定是因為天澤母親遲遲得不到肯定的答覆，才會叫他妹也問一問。

暑假開始了，接下來有一個多月的假期，不回家說不過去。即使草也代替天澤回家，被發現的機率應該也趨近於零，但他實在提不起勁。

重點是那個家只有天澤回去過，草也不清楚確切位置。想回去得先查地址，但又不能直接問家人說：「我們家在哪？」

「前陣子才回去過。最近很忙，跟人有約。抱歉。」

草也盡量回答得保守一點。

『你交女朋友了嗎？』

對方立刻問，令草也心跳漏了一拍。他連續傳送「猜錯了」、「再連絡」等貼圖，試圖含糊帶過，訊息一瞬間就被已讀，嚇得他心臟直跳，幸好妹妹沒再追問下去，他這才鬆一口氣。

草也掌心流著汗，看著手裡緊握的手機。

結業式之後過了三天，他一直想著至今未歸的天澤。

不知天澤寫日記時抱著怎樣的心情。草也厚著臉皮說喜歡市來，還說今後仍要和市來見面，不知天澤是怎麼想的。

日記上的紅色螢光筆跡，留存的電影票根，在在顯示出天澤的心意。

天澤其實也喜歡市來。知道這點後，草也便稍微明白他為何沒有徹底阻止自己和市來交往。

沒有人狠得下心三番兩次甩掉自己喜歡的人。

草也心想，天澤或許也和自己一樣，日記寫了又刪。或許也因為不知如何開口而不斷重寫，最後只能消極地選擇「還是別提了吧」。

自己也還不了解天澤的所有面向。

「唉，抱歉今天依舊這麼吵。」

房門突然被打開，令發呆中的草也嚇得縮起身子。

嘆著氣進門的，是房間的主人市來。

「啊，抱歉突然進來。」

「沒關係，這是你房間嘛。」

市來邀他暑假來家裡玩。

這是他第二次進市來的房間。他和上次一樣坐在矮桌前，市來給了他一個有夏日氛圍的藍色亞麻布方形坐墊，他抱著屈起的雙腿，正在看手機。

「繭香他們出去買東西了嗎？」

「對啊。本來中午就要出門，我媽一直拖拖拉拉。小不點們上次跟你玩過之後就得寸進尺，巴著你不放。」

「我很高興他們願意跟我玩。」

草也講得好像自己交到了新朋友。市來遞給他盒裝冰淇淋，坐在他隔壁。

「這給你當作賠禮。不好意思，是拿冰箱裡現成的……」

「我喜歡ＳＯＷ冰淇淋！既清爽又保有牛奶的醇厚口感，很好吃。」

「你要巧克力還是香草的？」

「都可以。」

草也笑著回答，但市來仍凝視著他的臉，像在測試他的反應般，將手伸出又收回。

「嗯，你應該喜歡這個。不，應該是這個？」

「我真的兩種都喜歡。」

「那一人一半好了。你老是不敢選自己想要的東西。」

市來遞過小木匙，邊撕開盒中的塑膠膜邊說道。像這樣不經意流露出關心真是太犯規了。

草也先吃香草，再吃巧克力。兩種都無庸置疑地美味，但想到天澤才是該和市來一起吃冰淇淋的人，草也不自覺變得安靜許多。

——天澤老是不敢選自己想要的東西嗎？

繭香和駿太跟自己打成一片，市來媽媽似乎也很喜歡自己，但草也卻無法打從心底感到開心，因為他們都以為他是市來的普通朋友。

要是他們知道他和市來國中時帶回家的女友一樣，正在和市來交往，能夠自然地接受嗎？

當然不能。

市來是男的，自己也是。天澤個性循規蹈矩，又是資優生，因此草也以為他是不想偏離常軌，所以才拒絕市來的，但現在草也有了不同的想法。

他不是為了自己，而是為了市來。

天澤或許連在戀愛方面也有太多顧慮，無法任性而為。

「我好像不是這樣。」

草也嘟噥了聲。

「咦？」

他不像天澤那麼會忍耐。

生命明明已經終結，卻還是厚著臉皮待在市來身邊。

「怎麼了？」

他只是盯著冰淇淋一口口送進嘴巴，敏銳的市來卻開口問道。

「沒事。」

「可是你……有點奇怪。原以為是考試的關係，但考完之後你還是這麼溫順安分……」

「……我本來就很奇怪了。」

市來彷彿在指責他不像天澤，令他惶惶不安。他不是天澤，當然不像，當然不可能和以前一樣。

——假如。

向市來坦承自己是野原草也，會怎麼樣？

告訴他自己其實是那個存在感薄弱的同學，無論市來或其他人平常都不再想起，頂多只會擺瓶花紀念的那個人。

「我不是那個意思，只是擔心你是不是有什麼煩惱。」

男孩將手放在草也頭上，有些粗魯地摸摸他的頭。草也對鬧彆扭的自己感到難為情，頭垂得更低。

「別露出那種表情嘛……」

「我還記得電影的事。」

草也頭也不抬地說。

既已知道天澤藏在側邊抽屜的祕密，就無法置之不理。

「電影？」

「以前我們偶然一起看的電影。」

「喔……」

他很後悔讓市來以為天澤忘了這回事。

那對天澤來說是無可取代的回憶。

草也又重複了一次。

「我還記得，不可能忘記。」

草也回到宿舍後坐在書桌前，將目標寫在紙上，滿意地點頭。

「……很好。」

手機固然方便，但他在準備期末考時學到，重要的東西還是該用手寫。從筆記本撕下來的紙上，只用奇異筆寫了兩個字。

他的目標是「升天」。

若只是當個幽靈四處徘徊倒還好，他卻附在天澤身上，對他造成無可挽回的麻煩，因此已不能再留在世上。

他不能將天澤從家人身邊、從市來身邊奪走——

即使知道天澤從很久以前就喜歡市來，草也仍不覺得他是情敵。

或許是因為共用一副身體太久，和他太過親近了吧。

「天澤，快回來吧。我在冰箱裡留了達斯冰淇淋要給你。」

草也試著對空氣喊話，未得到回應。

該不會本來沒死的天澤，反而先升天了吧——他內心浮現一抹不安，開始用手機查詢方法。

升天，換言之即是切斷對這世界的留戀，去到另一個世界的方法。

「咦，神社？」

週六草也應市來之約出門，在正午前至車站和他會合，當對方問想去哪裡時，他便這麼回答。

「既安靜又涼爽，而且不必花錢！還有樹齡好幾百年的巨樹，能讓人能量滿滿。還有貓！有的神社還有貓棲息……」

高中生的約會本來就不能花太多錢。他最後還搬出邀約喜歡動物的人時，相當於殺手鐧的「貓」，不過市來沒聽到最後就表示同意。

「好啊，偶爾去一下神社也不錯。」

草也查過，光這附近就有無數以消災解厄聞名的佛寺或神社。每間的說法不盡相同，其中更有直截了當標榜「除靈」的可靠神社。

「第一間在這裡……」

他拿手機地圖給市來看，市來顯得有些訝異。

「要去好幾間啊？」

「嗯，如果有時間的話……」

只去一間未必能順利升天，因此他選了好幾間。

他還找到「各地區驅邪排行榜」網站，忍不住吐槽又不是美食網站，但仍以之作為參考。

市來雖感困惑，仍跟著他前往第一間神社。那是間擁有五星評價的神社，不用預約就能驅邪、祈願，還能保佑生意興隆、戀情順利，因而廣受好評。

「除了新年參拜外，我好像很久沒來神社了。」

炎炎夏日，神社裡人很少，一穿過鳥居就有蒼翠的大樹迎接他們。

市來仰著頭瞇起眼睛，似乎覺得陽光很刺眼。

「天澤，要抽支籤嗎？啊，有賣鴿子飼料……」

兩人走到樹蔭下開始感覺到療癒效果，男孩語氣悠哉地問。但草也洗淨完雙手後，就直奔管理神社的社務所。

他站在神社販售的各色護身符前，認真地盯著價目表。

「呃，祈禱費……果、果然要這個價格。」

想升天當然要付出代價。草也恨不得去打工，好償還天澤這筆費用，但若去了另一個世界，就算想還錢也辦不到。

只好告訴天澤這是必要支出，勸他不要追討了。

如果能順利升天，他會在另一個世界看顧天澤的。可以的話，就用提升彩券中獎率等方式來回報天澤吧。

「天、天澤？」

苦惱的草也決定向巫女開口道：「麻煩妳了！」讓市來看得目瞪口呆。

草也之前也只有在新年時來參拜過，初次進到神社的社殿之中，內心很是緊張。辦完手續後必須出示身分證件，幸好對方沒有因為他是高中生而起疑，果然任何人在祈禱費……不，在神明面前都是平等的。

驅邪儀式順利結束，他感覺自己身心都得到了淨化。

儘管得到淨化，草也仍紋絲不動留在天澤體內。

到了第二間、第三間也一樣。到最後草也已習慣驅邪儀式，加上最近比較淺眠，因而打起了瞌睡。

他舒服到覺得靈魂快要出竅，以為終於要成功了，便放手接受這股感覺，沒想到只是不敵睡魔，醒來後依舊在天澤身體裡，還換得神職人員的白眼。

離開第三間神社時已是黃昏。

「天澤，你怎麼會突然想來場神社巡禮……」

市來一直默默陪著他，沒問任何問題，反倒讓人感到不可思議。

「……對不起，我現在不能告訴你原因。真的很抱歉。」

草也費盡全力才擠出這句話。

把市來牽扯進來卻徒勞無功，草也意志消沉，已沒有早上那股幹勁。話說回來神社雖可除靈，但若想超生的話，應該去佛寺才對。

他垂頭喪氣地沿著神社參道走向車站，腳步格外沉重。抱著複雜的情緒，看著自己的右腳、左腳輪流在石板道上向前踏步。

美人魚煞費苦心獲得人類的雙腿，最後卻輕易化為海裡的泡沫，相較之下自己怎會如此頑強呢？

說不定自己早已化為惡靈、怨靈。他雖不覺得自己有這麼陰森恐怖，但越危險的人……不，越危險的鬼越沒有自知之明，這才是最麻煩的地方。

人們說靈魂會在世上逗留四十九天，然而草也過了四十九天卻還在這裡，想必是已經升級，強占了天澤的身體，這樣一切都說得通了。

天澤不是不回來，而是因為身體被奪走，沒辦法回來。

——都是我的錯。

「天澤，要不要吃那個？」

突然聽見市來這麼問，草也抬頭「咦」了一聲。

神社通往車站路上，有條沒落的小商店街。今天雖是週末，但平日可能也像這樣，整條街的鐵捲門幾乎都是拉下的，營業中的店家屈指可數。

市來指著一間和菓子店說。那間店看起來不太吸引年輕人，但門口屋簷下擺著霜淇淋的旗幟。

「你中午說沒食欲，吃得很少。大熱天的就該吃霜淇淋。」

草也在對方推薦下也買了霜淇淋，邊走邊吃以免融化。路旁有座公園，他們自然而然走向那裡。

雖是座空無一人、只有老舊遊樂器材的公園，但有坐的地方總比沒有好。他們並排坐在鞦韆周圍的欄杆上，安靜吃著不停融化流淌的牛奶霜淇淋。

冰冰的好好吃。吃了又甜又冰的霜淇淋後，草也逐漸找回活力，甚至覺得自己可能是因為肚子餓才在鬧彆扭。

「餅乾杯雖然夏天吃起來有點麻煩，但發明的人真是天才。既能減少垃圾，又很好拿。」

「……對啊。」

草也露出僵硬的笑容點頭，市來也勾起嘴角。

「改天再來就好。我暑假沒事，看你想去幾間神社，我都可以陪你。」

溫柔的市來又不經意地鼓勵了他。

「嗯，謝謝你。」

——好喜歡。

他真的好喜歡市來。

越常見面、認識越深就越喜歡，也因此越難離開這世界。

無論夏日晴空或布滿晚霞的天空，草也都已經看膩了。但連這種習以為常的光景，和市來一起看都像初次見到的絕景般閃耀動人。
這份不想和市來分開的心情，是草也對這世間最大的留戀。
然而這份斬不斷的牽掛，正將真正的天澤……
從市來身邊奪走。
「給我吧。」
市來吃完霜淇淋後站起身，朝草也伸手，接過他無意識摺得小小的甜筒紙拿去丟。公園內有棵聳立的大樹，垃圾桶就在樹根旁。
草也以目光追著他的身影，像被打開什麼開關似的突然衝了出去，從背後抱住他。
「哇……」
一不小心用力過猛，變成了美式足球似的擒抱。
「怎麼了？天澤，還好嗎……」
市來以為他被樹根絆到，嚇了一跳。
「……抱緊我。」
草也如此要求，自己卻已抱緊對方，將臉埋在他深藍色上衣的背部。他的背比外表看起來還要寬闊，擋去了周圍的風景，也擋去了夕陽的色彩。
「……天澤。」
男孩解開他的白皙雙臂，從正面回抱住他。
力道正如草也希望的一樣強勁。

聽著自己加快的心跳，草也心想要是能就這樣升天就好了。他暗自期待被市來擁抱後，自己就會心滿意足，不再有所留戀。

這比驅邪儀式簡單多了。

「奏。」

草也睜開眼睛，市來的臉近得嚇人。第二次接吻，草也終於得以在適當的時機閉上雙眼。

沒有任何人教他，他卻吻得越來越熟練，宛如小孩長大成人的過程。昨天做不到的事，今天就學會了。當時的夢想如今轉化為現實。

市來不斷將唇按壓在草也唇上。他的頭髮被傍晚的風吹拂搖動，撫過草也的臉，癢癢的。

所有接觸的部位都能感受到市來的存在，如此令人愛憐，令人眷戀。

草也還想貪求更多。他踮起腳尖追著男孩移開的雙唇，卻無法如願碰到，只好向對方表達不滿。

「……還要。」

這句話讓市來的雙眸搖曳了一下。

儘管眼中含著些許困惑，他仍直視著草也。

「還要？」

草也點頭回應後，聽見市來以熱切的聲音問：

「那，要來我家嗎？」

去市來家途中，草也才意識到自己的話使對方誤會了。也理解到對方說的「現在家裡沒人」和上次的含意完全不同。

儘管意識到問題，但他絲毫沒有要訂正的意思，繼續跟著市來走回家。

草也第一次感覺到兩個男生在一起有點奇怪。他當初自然而然接受了心中對市來的愛意，如今愛意仍持續增長，但是在外卻得保持距離，讓他感到相當不便。

他想多親近市來，也想和市來牽手。

「……拜託，現在別用那種眼神看我。」

市來在途中紅著臉嘟囔了句，但不是被夕陽照紅的。

一進家門，他們立刻在門口接吻，同時也牽起手。十指交扣，雙唇交疊。不約而同地張開緊閉的雙唇，自然地加深這個吻。

「……真想稱讚一下努力保持理智的自己。」

市來露出苦笑，雙唇比平時還紅，顯得有些情色。

「現在真的沒人嗎？」

「別擔心，他們去了上次沒去成的遊樂園。」

「但要是他們又變更行程，或是提早回家……」

市來從褲子口袋拿出手機。「這是他們剛剛傳來的照片。」他邊說邊拿給草也看，照片上的繭香和駿太和遊樂園的動物角色靠在一起，笑容滿面。

「哇，他們感覺很開心！」

兩人顯然玩得很盡興，草也不由得看得出神。

「從那邊開車回來要一個多小時，他們還說要看晚上的花車遊行，不會這麼快回來。」

市來這番話很有說服力，卻突然「啊」地叫了一聲，抱住自己的頭。

「我這樣是不是有點糟？好像太飢渴了。你剛才那句話不是我想的意思對吧？如果你沒那個意思……」

「我有！我當然也有！我平常的幻想對象都是你！」

草也很怕他打消念頭，情急之下不小心暴露了一些個人隱私，令市來聽得瞠目結舌。

「天澤，你有時講的話大膽得嚇人呢。」

「啊……」

「不，不該說大膽，而該說老實吧。」

老實是草也少數的優點之一，但天澤似乎不會這樣。

「抱歉。」

「幹嘛一直道歉？我很開心啊。渾身帶刺的你雖然也很耐人尋味，不過……聽到你直率地表達心情，還是很開心。」

市來有些難為情，在草也影響下，他講話也變得直接起來。

兩人四目相接，內心只想做一件事。

那就是接吻，一吻再吻。他們依依不捨地分開唇瓣，牽著手移動到進屋後第一個房間，也就是市來房間。

草也上次來的時候連床都沒坐過，如今和市來交纏著倒在床上，陶醉地任由心愛的男孩將自己壓在身下。

「……嗯。」

只是被市來稍微觸碰，身體就不禁發顫。沒扣釦子的棉質襯衫穿在身上像沒穿一樣，底下的橫紋坦克背心很薄，能清楚感受到手掌的觸感。

感受到手指修長的大手逐漸往上爬。

「不、不行……！」

「咦，我明明什麼都還沒做。」

「可、可是……被你碰的話……」

儘管還沒被直接觸碰，草也的身體已經有了反應。在門口接吻時就已經開始了。市來注意到草也工裝褲的隆起，微微倒抽口氣。

「才接吻就這樣了？」

草也點了點頭，感覺自己的臉頰和耳朵都羞得發熱，一定很紅。

「奏，你好敏感。」

「名、名字……」

「嗯？」

「你為什麼……有時候會突然叫我的名字？」
「為什麼……我只是想叫就叫了。」
換言之市來現在想叫囉？
「不喜歡嗎？」
「不……我喜歡你叫我的名字。」
草也立刻搖頭。一方面是因為奏的發音和草也相似，二方面是喜歡看市來呼喚「奏」那瞬間的靦腆表情。
「……奏。」
聽見市來在耳邊低喚，草也顫抖起來。不只身體，心也是。
「想要多聽你叫我。」
草也用小到快聽不見的聲音說，市來應他要求喚了好幾次「奏」。他的雙唇擦過耳垂沿著臉頰滑行，和草也的雙唇交疊。
那雙手惡作劇似的從草也身側移到胸部，拉起坦克背心，直接觸碰草也的肌膚。草也反射性地扭動身體，市來用吻安撫他，指尖找到了小小的突起。
「啊……」
草也的乳頭小到連裝飾都稱不上，存在感比蟲咬的腫包還低，但被市來的指頭觸碰後，突然開始主張自身的存在。
起初只覺得癢，而後有些酥麻。在指腹的按揉下，小突起扭曲變形。初次體會到的感受令他不停搖頭。

突起被市來捏住，他發出些許甜膩的叫聲。

「啊……啊……」

聲音逐漸變得連續不斷，顯示出他很有感覺。

「呼、啊……」

甜美而酥麻的感覺一點點竄遍全身。市來左右開弓，盡情逗弄草也的小小突起。時而像確認般，用手掌撫過那裸露的白皙肌膚。

「市、市來……」

那雙手慢慢往下滑，來到褲子上，草也慌張起來。

「這邊也讓我看看嘛。」

「……好害羞。」

講完之後更害羞，但他還是忍不住這麼說。

草也雙手掩面。

「……奏。」

天澤的身體從上到下都很美。

不只臉，全身的皮膚都白皙而光滑。就連本該淫猥的下身，形狀也美得像雕刻品般令人讚嘆。剛附身時，草也還好奇地不時欣賞一下。

因此，他腦袋裡知道沒什麼好丟臉的，但會害羞的事還是會害羞。

而且他的身體是肉做的，不是石頭也非石膏。
「呼……」
工裝褲和內褲被一同拉下，脹得難受的物體彈了出來。
「啊……」
性器頂端已淫蕩地濡溼。像要引起市來注意似的，不斷搖晃抬起的頭部。
「你在幻想中和我做的時候，也會像這樣嗎？」
市來吐著熱氣問。
「不、不要說出來。」
「明明是你自己剛剛說的。」
「剛剛是剛剛……現在不行。」
「現在才在做色色的事，不是嗎？」
「可是……啊、不……」
他的抗議被輕易堵了回去。下身被市來的手直接觸碰，一陣強烈的快感隨即湧來。
——糟糕，怎麼辦？
怎麼辦？是市來本人。
市來本人的手，市來本人的聲音。
市來正在觸摸自己。
自從在腳踏車停車場被吻了以後，其實他每天……只要是輪到草也的日子都會自慰。

每次解放後都會有滿滿的罪惡感，發誓要停一陣子，但下次又會再來一次。

天澤感覺是個克己禁欲的人，或許很少自慰，累積了欲望無處發洩。釋放欲望的工作彷彿落到草也頭上。

「呼……啊、啊、嗯……」

光是被手掌包住，草也就變得更不對勁，又硬又挺。市來像要將透明黏液塗抹開來般撫摸頂部，玩弄凹陷的部位，使液體汩汩流出。

「啊、不……等一、下，還不行……啊、啊……」

「……奏，你好色……好可愛。」

市來以陶醉的聲音說完，將草也的褲子完全褪去。掠過腿部的麻癢觸感，令他「咦」了一聲。

「啊，什麼……？」

黑髮觸碰到他白皙的大腿。只見市來正朝他的下身低下頭。

「騙、騙人……不行，你沒必要……做這種事……」

草也雖說不要，但頂部被舔舐後，喉頭便止不住顫動。

「應該會很舒服……你試著放鬆看看？」

市來建議道。草也無論接吻或做愛的初體驗都是和市來，當然沒被任何人服務過。

「……啊、不……」

光是雙腿被扳開，就讓他情緒高昂。

露出平常不會給人看的私密部位，又被市來用嘴愛撫。草也覺得自己快要瘋掉，但那裡非但沒有變軟，還變得更大了。

「咿、啊……啊、啊……」

溼潤的頂部被冉三啾啾吸吮。不僅沒被吸乾，反倒有更多液體從中溢出。

數度被由下往上舔舐，被口腔黏膜包裹，快感遠超越一開始的時候。

「啊、嗯……」

他不斷搖頭，縱使細軟的頭髮亂掉也不在意。

「已經……不行了、要……去了、唔……」

「……就去吧。」

男孩鬆開嘴，愛憐地親吻脹大的莖幹。

「不……不行、用嘴巴……啊、就說、不行了……要去了……」

草也嘴上說著「不要」、「不行」以示抵抗，但身體早已癱軟下來，使不上力。

他的雙腿毫無防備地被大大分開，敏感的性器還被喜歡的男孩盡情疼愛，忍不住開始晃動腰部。

「啊、啊、要去……要去、了、唔……」

無法抵抗的強烈射精感，使身體繃緊起來。

「啊……嗯……」

下身猛烈彈跳了兩、三下，噴射在市來口中。

手。

草也無心沉浸在餘韻中。他看見男孩若無其事地吞下液體，慌張地朝對方的嘴巴伸出手。

他拚命擦拭對方濡溼的雙唇。市來安靜地俯視草也，就在草也以為他真的生氣時，只聽見他喃喃低語。

「對不……對不起！」

「傷腦筋……你太可愛了。」

市來聲音原本低沉得恰到好處，聽來很舒服。現在略微沙啞，更添性感。

在對方凝視下，草也不禁心臟猛跳。

「可以嗎？」

草也用水汪汪的眼睛望著市來，搞不太清楚狀況，傻傻地點頭。

剩下的衣服，無論拉到胸部以上的坦克背心，還是披在外頭的襯衫，全被脫得精光。

草也仍對一絲不掛的狀態有些抗拒，但當市來開始自行脫衣後，他感受到另一股害羞之情。

市來毫無情調地將衣服一件件脫掉後扔到床下，顯現出男人味。穿衣顯瘦的他，衣服下的肌肉結實而迷人，脫得越多差異越明顯。

「……別一直盯著我看。」

「咦……」

「你好色喔，奏。」

男孩察覺到他的視線，像要掩飾害羞似的說。

「你、你明明也是……」
「等我一下喔。」
「咦？」
「我買了可能用到的東西。暑假很長嘛……誰也不知道會發生什麼事。」
市來下了床，不知從哪裡拿來男男性事中需要用到的物品。是一罐潤滑液。一想到市來也認為暑假期間可能會發生些什麼，草也就有些害臊。實際上暑假才剛開始，這東西就派上用場了。
市來想必也是第一次和男生做，卻毫不遲疑地一步步進行下去。會這樣或許不是因為熟練，只是善於聽從本能的聲音。
再來就是靠天生的靈活度了吧。
市來要草也側躺在床上後，從背後抱住他。沾有潤滑液的手指先是濡溼了他的窄縫，接著輕易伸進那狹窄的地方。
手指意外順利地侵入，令未做好心理準備的草也困惑起來。
「啊……是、市來的手指……？」
「對啊，你裡面好溫暖。」
草也雖不怎麼抗拒，但還是很難相信市來的細長手指伸進了那樣的地方。
「呼、啊……啊、那裡……」
「……這裡？」

「不……還不行……」

原就感到如夢似幻的腦袋，旋即被羞恥感和快感征服。在那令他不可置信的地方，有個點一被觸碰就湧出愉悅之感。

前面尚未被玩弄或撫摸，就已脹得難受。草也感覺到性器再度開始顫動，液體彷彿結露般從前端滲出。

「……啊、不……總覺得、那裡……」

他知道男生後面也會有感覺，但不記得是從哪裡學到這個知識。那裡確實有個敏感的部位，讓他以為自己彷彿生來就知道這些。

有的不只是快感，被指尖輕撫後，還湧現一股想逃走的衝動。

既害羞又有點害怕。或許是因為本能地感知到，那個部位比起性器更能帶給自己無盡的快感。

「不、不要……市來，那裡、已、經……」

「……不行，還沒擴張夠。你看，才第二指……」

「不……啊嗯、不行……不要、一直弄那裡……」

「再一下，好嗎？奏，再一下。」

「不……不要……已經、啊……不要、弄那裡……啊、啊……不要、再弄後面……」

隨著手指增加，淫靡的咕啾聲也越來越響。市來不停刺激那個點，到後來草也漸漸分不清自己究竟是討厭還是喜歡。

市來從後方安撫似的親吻他的鬢角。還輕輕吻了他含淚緊閉的眼角。

「啊、啊……嗯……」

他的腰不斷搖晃。射精的欲望急速攀升，就在這時市來拔出手指，避開他的敏感部位，讓他哭了出來。

草也連自己來的時候都不擅長轉移注意力或忍耐，總是一下子就高潮了。

「已、已經……」

他將身體往上縮，下意識想逃跑，市來抱住他的腰將他拖了回來，將細長的手指埋得更深。

令人害羞的咕啾聲響起，彷彿在告訴他那個部位儼然已成為性器官。

「不……市、市來……」

快感太強，他快要撐不住了。

「……該叫一馬吧？為什麼偏偏不叫我名字？」

就連男孩鬧彆扭的話語，都讓草也渾身酥麻。甚至感覺到自己裡面絞住了市來的手指。

「……一、一馬……啊、要、不行了……快、進來……我想要。」

他剛剛才叫市來停下來，現在卻脫口說出這種話。

宛如身心分裂了一般。

還是說，這副身體裡同時存在著猶豫和欲望？

「唉，真是的……我也忍到極限了。」

市來將草也的身體翻到正面，落下一吻，草也用鼻子發出「嗯」的悶哼。

「一馬、啊……」

另一個東西取代拔出的手指抵在該處，令他顫慄不已。

那裡經過充分擴張，雖是第一次，卻不怎麼痛。只感覺到輾軋似的衝擊和鈍重的質感。

光是含入前端，就能感覺出對方的大小。市來緊抱住草也等他適應，沒有立刻動起來。

兩人的肌膚滲出汗水，緊緊黏在一起，在床上融為一體。

「……還好嗎？」

「嗯……還、還好……一、一馬你呢……？」

「……嗯，很舒服。在你裡面好像快被榨乾了……很想……快點開始。」

男孩將額頭抵在草也額頭上笑著說完，數度吐出炙熱氣息。

「可以啊……來做吧。」

草也意識到市來一直在忍耐。擔心弄傷自己，嚇到自己。

市來在他的催促下，將身體靠在他身上，並且深深沒入他體內。

「啊、唔……」

「……別這樣說，會讓我得寸進尺。」

「嗯、沒關係……市、一、一馬你得寸進尺也沒關係……啊、啊嗯……」

時深時淺。草也的身體為市來而敞開，像漂在水面上的葉子般搖晃，起初平緩的抽插逐漸加快、加深。

草也感覺像在作夢。

他與市來，與自己原本只敢遠遠偷看、初次暗戀的男孩，合而為一了。

「呼……啊、啊……」

他感動萬分，搔刮著市來的背。為避免被甩落而緊抱住對方，並隨著律動搖晃，勉強擠出聲音。

「一、一馬……」

「……嗯？」

「啊……我有件事、想拜託你……」

「……什麼事？可別說要停下來喔。」

「不、不是。」

他認為現在必須說這番話。

在已經離世的自己真正離開之前。

「如果、如果我突然……變了一個人，請不要拋棄我，好嗎？」

「變一個人？」

「下次醒來時，我可能會不再是我。」

草也整個人黏在市來身上，背部都離開了床。市來將他放回床上固定好後俯視他的臉。

「……為什麼？」

「因為現在……太幸福了。」

「太幸福了，就會變一個人？」

炙熱而飽含水氣的眼眸，就近在眼前。

兩人四目相交，距離近到連呼出的氣息都混合在一起。草也思索著該如何解釋，視線游移了會兒後應道：

「我、我這個人釣到魚後就不會再餵魚吃餌了。」

「……魚？」

「對……所以即使我變得不坦率，也請不要討厭我。因、因為那才是真正的我。真正的我……也很喜歡市來，最喜歡你了。」

若他突然變一個人，市來可能會感到困惑不解。

「意思是，和我做了色色的事後，你就會變得不坦率？」

市來用納悶的眼神凝視了草也一會兒後，突然笑了出來。

相繫的部位也跟著一起搖晃，能直接感受到他的情緒。

「一、一馬……？」

「……這不叫釣到魚後不餵餌，而是『害羞』吧？」

「啊……」

市來順著震動向上一頂，使勁搗弄那個部位。草也的下身因而彈了一下，擦到對方精實的腹部，兩股同時產生的快感使他連聲喘氣。

他的臉和身體倏地像染上色彩般熱得發紅，市來開心到黑眸閃閃發亮。

「啊、一馬……你又一直、弄那裡……」

草也反射性地想用雙手推開他，卻被市來一把抓住，固定在面前。男孩親吻他的指背，垂下眼眸說道：

「不行喔。我快沒有餌吃了……得趁現在趕快吃飽才行。」

「……笨蛋。」

不知道為什麼，他雖輕輕罵了句，卻眼睛一酸，滲出淚來。

眼睛、臉頰和身體，和市來結合的部位、被觸碰的部位，全都好熱。

好熱又好舒服。

「可是……我喜歡你。一馬，我最喜歡你了。」

他還沒說完雙唇就被封住。對方的舌頭挑逗般滑進他口中，彷彿光是唇瓣重合還不夠似的。草也承接住他的舌頭，任由心愛的男孩予取予求。

草也從不知道，體內被人橫衝直撞竟會這麼舒服。

本來應該永遠都不知道才對。

「嗯……啊、一馬……快要……」

他再三向市來吐露情衷，並且重複喊著對方的名字。兩人相互配合使欲望持續攀升，奔向頂峰，心中滿懷無以名狀的情意。

——謝謝你。

謝謝你一直陪在我身邊，謝謝你喜歡上我。

市來喜歡的雖是天澤，但若自己早點鼓起勇氣，或許能和他成為朋友。

這段日子很開心。草也相信市來也是，縱使是和自己——不是天澤的這個「我」在一起，市來仍有一些瞬間是「開心」的。

他一次又一次這麼想。

謝謝。

那麼就再見了。

◇◇◇

他右手拿著劍。

那把劍有半個人那麼高，雖然很大一把，卻像空氣一樣輕薄而柔軟，只是用鋁箔紙包在紙板上做成的假劍。

野原草也是勇者。

他也不知道為什麼，但就是這麼回事。一回神就發現自己站在洞穴前。

那是個大洞窟，有體育館的天花板那麼高。恰似無底洞的漆黑洞窟中吹出溫熱的風，時而吹起時而靜止，彷彿在規律地呼吸一般，洞裡似乎潛藏著某種巨大的生物。

「不要猶豫，快點去吧！」

突然響起的聲音，令他嚇得轉頭。

一個熟悉的女孩站在那裡。她將白色窗簾裹在制服上衣上，露出女神般的微笑，那人正是以前送他熱壓吐司的馬尾女同學泉水。

「泉水同學……還有其他人是怎麼了？」

不知不覺間，身後站了一大排同學。

「村民全都來送你了！」

「岩橋……村、村民是？」

眼前確實有許多打扮得像遊戲人物的村民。村民A、村民B、村民C、村民D、村民……多到二十六個字母都快用完。

草也也是。他也穿著簡樸的布衣，唯一和大家不同的只有右手那把假劍。

「草也，我們需要你的特異功能。你那種彷彿不存在卻又無所不在的薄弱存在感，能夠拯救世界。」

「咦……」

「草也，這件事只有宛如空氣的你能夠辦到！你去的話，龍絕對不會注意到你的！」

「等等……」

即便他的名字和存在感就像原野上的小草，這麼說也太失禮。他們怪腔怪調地把他的名字喊得像湯姆．索亞[3]，但他既非頑童，也不是冒險家，不想進去漆黑的洞穴。

再加上——

3 譯註：湯姆歷險記的主角，索亞日文音同草也。

「什、什麼龍？」

「眠龍，一隻打瞌睡的龍。牠堵住了太陽升起的洞，使我們的村莊陷入永夜。拜託救救我們吧！」

「你總是因為不受人注意而暗自哭泣，現在終於可以證明你也有能力拯救大家了。」

「我、我才沒哭！」

「騙人，你不是老是縮在古井邊哭泣嗎？我摘花時都看到了。」

「連松野同學也……什麼古井？你們到底在說什麼……」

太陽從西邊升起就已經很誇張了，他們竟然說太陽是從洞中升起，違反天文學和常識，令人不解。

「噓，仔細聽。」

村民們聽見泉水女神這麼說，全都將食指抵在嘴唇上，望向洞穴深處。

「聽見眠龍的鼾聲了吧？你要趁牠睡著時，按下最裡面的按鈕。這樣就能拯救世界，成為英雄！」

「咦，只要按按鈕就好？那這把劍呢？不用打倒眠龍嗎？」

「勇者不拿劍就不像勇者了吧？」

原來沒用嗎？即便只是做做樣子，做工也太差了。現在就連幼兒園小朋友玩遊戲都會拿好一點的劍。

「但要是被眠龍發現，豈不就糟了嗎……會、會被吃掉。」

「別說了，快去吧。打瞌睡的龍是不會醒的！」

望著漆黑的洞穴，比起劍他更想要油燈。他的背被人推了一把，走向那座洞窟。事到如今，就算是手機燈光他也能接受。但不知為何，洞窟中竟看得到地板和天花板。某處亮起些微藍光，替他照亮前方的路。

「鼓起勇氣來吧！」

草也不禁用力握住劍柄。他的握力雖和女生差不多，但那把劍仍感覺快被他捏爛了。左側的牆壁時而隆起，時而凹陷，應該是龍的身體吧。鼾聲越來越響亮，藍光也越來越強，草也終於在道路盡頭看到按鈕，放在像是課桌的簡易台座上。

那按鈕怎麼看都和劍一樣是紙糊的。按下去別說拯救世界了，可能連鈴聲都不會響。草也怯怯地將手伸向那個又圓又扁的按鈕。

「按吧！按下去後世界就會重新開始！」

彷彿只要按下按鈕……

一切就會重啟似的。

規律的鼻息從身旁傳來。

草也略感驚訝，但並不害怕。因為那陣呼吸聲不像撼動洞窟的狂風，反而像輕柔的微風。仔細一看，濃密的黑色毛髮占滿視野，他還以為龍會有堅硬的體表，因而有些意外。

不過，他有點怕爬蟲類，這樣反而比較好。會不會其實是狼蛛那種會致癢的細毛？草也小心翼翼地伸手觸碰，發現是乾爽的長毛。

觸感很滑順，他忍不住多摸幾下。

摸到第六下時，眠龍忽然抖動身體，黑色毛髮隨之滑落，露出底下的一隻眼睛。

接著眼瞼倏地睜開，草也這次真的覺得心臟快停了。

不是綠色或金色，而是一雙黑眸。

草也撫摸的是人類的頭。

「……市……來？」

「啊……抱歉，不小心睡著了。時間不會太晚吧？」

男孩慵懶地翻了個身，趴著用雙臂撐起身體，想看床頭的時鐘。

他薄毯下的身體什麼都沒穿。草也吃驚地彈起，發現自己同樣一絲不掛，逐漸理解狀況後整個人僵住。

「奏？」

看見草也宛如裝飾品般端正地跪坐在床上，市來一臉詫異。

他們才剛互相說些「喜歡你」、「真的好喜歡」之類老套的……不，直接的情話，確認過彼此心意，草也卻像和怪物同床共枕般從床上彈起，任誰都會覺得奇怪。

沒有眠龍。

這裡不是洞窟，而是市來房間。草也連紙糊的劍都沒拿，不可能是勇者，也不可能是因為按了按鈕而回到原本的世界。

「……怎麼辦？」

「咦……」

草也睜大雙眼，斗大的淚珠奪眶而出。

市來也彈了起來，抓住依舊僵在原處的草也肩膀。他的頭髮睡亂了，草也頭一次看到他這麼慌張。

「還好嗎？有沒有哪裡會痛？」

「沒有。」草也搖搖頭說。

「是不是我太亂來了……」

要說亂來，草也也一樣。他們是因為想做而做的，而且幸福到快升天了。

「一點也不痛，超級舒服的。」

草也用力搖頭說道。市來聽見這大膽的發言面露驚訝，但仍努力回應。

「這、這樣啊，那就好。但你為什麼……」

「……對不起。」

「為什麼要這樣一直道歉？」

他們無意間重複了一樣的對話。草也原本不打算告訴他原因——但是即使來了一場「快升天」的性愛，他還是沒有真的升天，到頭來不過是利用天澤的身體貪歡罷了。

「對不起，其實我……是惡靈。」

淚水潸然落下，話語也跟著脫口而出。或許是因為作了場怪夢，他的情緒也異常激動起來。

「……什麼？」

草也向他坦白，但市來別說接受了，就連理解都辦不到。他沉默了會兒，而後拍拍摸摸草也的頭。

「你作惡夢了嗎？你看，你沒長耳朵也沒長尾巴。」

他說的是狐妖或三角尾巴的惡魔吧。

「我不會長那些東西，我是惡靈，邪惡的靈魂，一直附在天澤身上。」

「附身……咦？」

「這副身體是天澤的沒錯，其實我也不是一直都在他體內，一開始天澤也在，我們還能和平共存。一三五是天澤，二四六是我，週日基本上是天澤，有事的話可以另外商量。我不像天澤那麼聰明，每次考試都念得很辛苦，還被天澤在日記上抱怨……但我總以為可以繼續待在這副身體裡。我努力念書想追上天澤的成績，從來沒有想要強占他的身體！可是天澤卻一直不回來，說不定他已經……」

「奏，好了，我知道了，你冷靜點！你一定是作了怪夢對吧？」

草也試圖一口氣說完，市來摸了摸他的肩膀。冰冷的肌膚經過摩擦，開始感覺到掌心的溫度，但湧到嘴邊的話不可能再吞回去。

時間和話語都不可能倒帶。

「這不是夢！是現實！雖然對我來說……是一段美夢般的時光。我對世界有所留戀，之所以選擇附在天澤身上，應該是因為……」

一低頭，便看見裸身的自己。草也將棉質薄毯拉到腰部高度，緊抓著薄毯邊緣。

「因為我一直都很喜歡你。一直暗戀你，一直偷偷看著你……我可能很想成為天澤吧。」

市來聽完他的自白，像被狐妖迷惑般一臉茫然。

但草也明明不是狐妖。

「那你是誰？」

草也以顫抖的聲音回答他的問題。

「我是……草也，野原草也。」

話一說出口，感覺連心臟也縮了起來。

「野原草也……是誰？」

「……咦？」

這反應他想都沒想過。

市來愣愣說出的話語像一把鐵鎚，將凍結的草也擊碎。

「你、你不記得了嗎？是我，出意外而……那、那你記得雷擊造成的意外嗎？」

「怎麼可能忘記？當時連你也被砸到送醫，我嚇得六神無主，生怕你再也醒不過來。」

「可是，你卻不記得我。」

本就白皙的臉變得更加蒼白。草也彷彿能聽見血色退去的聲音。儘管現在是盛夏，他

抓著薄毯的手仍像打寒顫般不斷顫抖，最後倏地放開。

「奏？」

血液逐漸流回蒼白冰冷的指尖。

草也開始碎動，在床上緩緩爬行，抓起仍掛在床邊沒有掉落的衣物。

「我要走了，打擾了。」

草也以前總是笑臉迎人。

小時候，他都笑著跟在雙胞胎哥哥陸身後。

每當兩人走在一起時，聰慧又不怕生的陸總在不知不覺間往前踏出半步。草也回過神來才發現自己落後半步，負責在後面陪笑，看著和自己長相酷似的陸逗樂大人和小孩。

他從不討厭這樣。畢竟即使站到前面，他也不擅長說話，只會表現得手足無措，換得別人禮貌的微笑。

出生時陸快他半步，因此固定站在他半步之前。草也覺得這樣正好，從未被雙胞胎哥哥激起好勝心，無論何時都笑臉迎人。

直到陸離開人世。

陸離開後，對他而言再也沒有前後之別。

他們實在長得太像了，一個人站著的時候，草也總覺得別人像在指責自己「和陸不太一樣」、「不是真正的陸」，此後連笑都不敢。

那些禮貌微笑的背後，彷彿在質問草也：「為什麼活下來的是你？」令他不知所措。

為什麼——

「……呼、呼……」

房門砰地關上，草也躲進只有自己的世界。

宿舍房間裡總是只有他一個人。

草也背靠在門上，大口喘氣。從市來家回宿舍這段路，除了搭電車的時間外他幾乎都用跑的。若用走的，感覺腳尖到腳跟就會深深陷進地面，腳踝也彷彿會被人抓住，無法動彈。

「……好像笨蛋。」

市來的一句「不記得」讓他大受打擊。

教室雖已恢復往昔的氣氛，看似所有人都忘了草也，但他沒想到市來竟會想不起自己這個人。

——不是好像，我就是笨蛋。

只有自己單方面喜歡、單方面迷戀對方。市來根本對野原草也沒有任何印象，甚至不記得有這個同學。

他明明說了那麼多次喜歡，真是太過分了——不，過分的是自己。恣意附在別人身上欺騙市來，還把天澤趕走，害人家無法回來。

「為什麼我就是沒辦法升天呢？」

這個再熟悉不過的小房間即使暗得像洞穴，草也仍不用照明就能移動。

他在床鋪的一角坐下，將手撐在床上愣了好一會兒。眼睛逐漸適應黑暗，他倒在床上，隨手拉過毯子蓋在身上。

連頭一起蓋住，像躲進巢裡似的縮成一團。

房間裡沒有別人，因此早睡是他的自由，啜泣也是。

縮進被子裡後，他聞到些許香甜氣息。那是時常在市來身上聞到的洗髮精氣味。他們剛才無比緊密地貼合，就算染上那股氣味也不奇怪。但最糟的是，即使在這種情況下他仍感到心跳加速。

彷彿市來就在身邊。兩個小時前他們才親吻彼此，他甚至因被市來觸碰而開心到落淚。

現在回想起來依然覺得胸口緊緊的，因戀愛的酸甜感而隱隱作痛，他認為這樣的自己很糟糕、很差勁。

「………明明沒有人要。」

他吸了一下鼻子，淚水令人不快地滑過臉頰，流向鬢角，最後被頭部底下的床單吸收。

差勁的自己連在班上都被遺忘，繼續執著於這世界也沒意義。

不被人需要，不被人記得。

「明明沒有人要，為什麼我、嗚……沒有消失……」

——消失吧。

快點消失。

去天堂也好，地獄也罷。那天他本該化作一縷輕煙飄向天空，為什麼死了之後還留在這裡？

留在這個自己本來不該知道的世界。

「……對不起，對不起天澤、嗚……對不起，市來……」

草也持續抽抽噎噎地哭泣。

「呼……嗚、嗚……」

或許這就是他的報應。

『你怎麼還在？明明沒人要你。』

他明白。那時候沒有人像扔泥巴一樣，對他當面說出這種失禮的話。

六年前的那一天。

他心裡很清楚，但後來仍不斷聽到這樣的聲音。

藍色的防風外套。衣物沉甸甸地貼在身體上的觸感，以及頭髮黏在皮膚上的觸感，他都還記得。

吞噬了重要的事物後，仍不停流淌的溪流之聲。還有呆坐在岩石地上時，轉頭聽見的母親失望的聲音。

『還以為是陸……』

他都還記得。

『奏。』

草也感覺到有人在叫他，搖了搖頭。

不是母親也非舍監，而是男人的聲音。他原先以為是市來，但這裡是二樓且沒有陽台，要是窗外有人的話，可就恐怖了。

他睜開朦朧雙眼，望向被晨曦照得泛白的窗戶，坐起身來。

夏天很早就天亮了。太陽雖然才剛露臉，性急的蟬就已在某處中氣十足地鳴叫。草也再度搖了搖頭，用雙手使勁拍打臉頰後，走向共用的洗手間。

洗完臉後他依舊覺得眼睛很難張開，望向鏡子才發現自己眼瞼腫得嚇人。就算肚子餓了，也不敢頂著這張臉去餐廳。

即使大哭了一場，即使身為幽靈，肚子還是會餓，真令人哭笑不得。草也坐在書桌前，從抽屜裡拿出沒吃完、已經潮掉的蘇打餅乾，邊吃邊打開不常用的筆電。

他平常什麼事都用手機完成，這次拿筆電出來，是想仔細確認一些事。

一個晚上過去，或許是因為哭過釋放了壓力，腦袋清楚了不少。

就算別人不記得，網路上總會留下那起意外的相關報導。

可能只是想讓自己安心吧。雖然死法很蠢、很倒楣，但那仍是自己曾經存在過的證明。草也沒想太多就搜尋了自己的名字。

然而什麼都沒找到。

他改用學校名稱搜尋，找到無數則落雷導致樹倒意外的報導，唯獨就是沒有記載「野原草也」的名字，死亡人數也是零。就連要求校方負起管理責任的報導中，都說傷者只受到輕傷。

「……怎麼回事？」

就算存在感薄弱而被人淡忘，也不可能從網路上消失。當初見到自己因不幸事故而登上頭條，他還曾感嘆「作夢也沒想到會被記在這種地方」，那篇報導究竟去哪了？

無論搜尋多少次，結果都沒變。

草也忘了眼瞼的沉重感，也忘了眨眼，目不轉睛盯著螢幕。

他猛地站起身來，衝到隔壁房門前。這間宿舍的牆壁薄到能聽見別人的鬧鐘聲，但隔壁總是靜悄悄的，因為那裡原本是草也的房間。

輕吸口氣轉動把手，房門沒上鎖，可以輕易打開。

沒有人在。然而房裡堆滿雜物，不像想像中那樣空空蕩蕩。

踏進房間後逐漸被一股熱氣包圍。沒開冷氣的房間實在太悶熱，草也一瞬間就狂冒汗。

但他不以為意，開始檢視房間。儘管因為主人不在而變成儲藏室，但照理來說才四個多月不該堆這麼多東西，而且大部分他都沒見過。

簡直就像老舊的體育倉庫。他將手伸向牆邊壞掉的球拍，忽然注意到旁邊的東西。那東西在窗外陽光的照耀下閃閃發亮，原來是把高度及腰的劍。

「這是……」

草也記得這把紙板劍，但這東西本來不該在這裡的。

他可能在哪裡看過才會夢到吧。旁邊有一幅畫作似的東西靠在牆邊，正面朝向牆，他不經意地將之拾起。

一翻到正面，嚇得倒抽口氣。

那是張外框上綁著黑色緞帶的遺照。用的是看慣的學生證照片，但照片中的人既是草也，又不是草也。

「……天澤。」

那正是他剛剛在鏡中看到的臉。眼睛沒有哭腫，五官一如往常端正的天澤的臉。

「你在那裡做什麼？」

突然響起的聲音，令他嚇了一跳。

「岡野太太……」

舍監岡野一看到草也的臉，似乎鬆了口氣，語氣柔和了些。

「原來是天澤啊，在找東西嗎？哎呀，那是……」

「啊，抱歉。」

他下意識道歉，想將照片藏在身後，但還是被舍監看到。

「果然是那時候用的道具。」

「咦？」

「那不是去年校慶時演戲用的道具嗎？我都說了那很不吉利，叫你們趕快丟掉。還有必要留著嗎？」

「呃……」

草也困惑地將視線移向牆邊，舍監看到劍後嘆了口氣。

「這間多出來的房間完全被當成儲藏室了。你看，這箱也是。」

他望向那個沒有蓋子的大紙箱，裡頭放著戲服等物。還有用長尾夾固定的一疊厚紙，也被隨便塞在裡面。

《我完結後的世界》，看來是舞台劇的劇本。草也翻開那張中間寫了劇名的紙，瞪大眼睛。

第二頁是演員表。全班的名字應該都在上面，他的名字也是。

而且還是在最顯眼的第一行，不可能看漏。但卻不是列在演員欄。

『野原草也——天澤奏』

唯獨自己的名字被列在左側的角色欄。

舍監像在肯定這點似的，開口道：

「天澤，你演的角色毫不起眼，一點都不像主角。但我看到後面卻覺得這角色還是由你來演最好。」

「為什麼……？」

「要是真的找不起眼的學生來演，不就變得有點像在霸凌嗎？雖是演戲，但在舞台上一直說人『像空氣』還是不太好吧。」

房內只有兩個人，舍監仍壓低音量說道。

「空氣……」

草也想起夢中那個角色。見草也沉默下來，舍監有些著急，急急忙忙把話說完。

「真是的，不過是校慶的一場戲，我幹嘛那麼認真呢。一定是因為你演得太自然，讓我看入迷了。你的演技很好、很真實。」

那佩服的語氣聽起來一點都不像恭維。

「真不可思議。雖然有著同一張臉，語調和態度改變後，卻可以看起來像另一個人。」

回到房間後，窗外的蟬鳴仍唧唧作響。草也的腦袋一片空白，蟬聲又如此響亮，令他忍不住遷怒，認為都是蟬聲害自己無法整理好思緒。

「……校慶。」

去年校慶。草也坐在書桌前翻著帶回來的劇本，試圖回想。

那齣戲演的不是這世界，而是另一個世界的故事。敘述一名在現實世界中存在感薄弱的男學生意外身亡，死後在另一個世界醒來，轉生成了勇者。

草也記得高一秋天舉辦過校慶，也記得他們班決定演戲。

但不記得練習和實際演出的過程。隔壁班擺的是冰淇淋攤，買了連鎖店的冰淇淋來學校賣，既輕鬆又受歡迎。他當時還想「早知道我們也賣冰淇淋」。

對於自己班級的演出反倒一點印象都沒有。

很多關於自己的事他都想不起來。就像漫不經心聽過的課堂內容，或是擦身而過的陌生人長相一樣，雖從腦中完全消失，卻絲毫不覺得奇怪。

若那張遺照是劇中用的道具，那麼自己葬禮上的真實遺照又長什麼樣？

遺照上用的照片是——

草也這才發現，他連自己的臉都想不起來。就算長得再平庸，也不可能忘記自己的長相吧。

「啊……」

他回過神拿起手機想找證據，但這是天澤的手機，就算有以前的照片，也都是天澤的。

草也動也不動，一直盯著手機。這個通訊裝置每天都被他拿在手上，猶如身體的一部分，他卻想不起自己過去用的手機樣式。

只記得用的似乎是同樣簡約的銀色手機殼。

同樣的——

「哇……」

手機突然震動，嚇得他整個人彈起。這通使手機震動的電話，是天澤妹妹打來的。

「喂？」

他忘了可以選擇不接，下意識接起，電話另一頭傳來鬆口氣的女生聲音。

『哥哥？』

草也「咦」了一聲。

「美結？」

『你為什麼不回LINE？我一直在等你的消息。』

「美結？妳是美結嗎？」

草也連聲呼喚自己國三妹妹的名字。

『是啊，怎麼了？』

「妳怎麼會……這不是天澤的手機嗎……」

『怎麼了，奏哥，你還好嗎？』

那無疑是自己妹妹的聲音，但她喊的卻是天澤的名字。

草也莫名其妙。

「妳真的是美結嗎？野……」

他想說「野原美結」，聲音卻卡在喉頭。

這個姓名組合如此陌生，彷彿他一次也沒叫過。

「……天澤美結。」

草也頭腦混亂，渾身乏力，微微站起的身子又坐回椅子上。

『哥哥？』

「抱歉，我……」

『真的沒事嗎？我打電話來是想問你什麼時候回家……』

之前也收過好幾次催促回家的訊息。天澤手機通訊欄中，妹妹名字寫的是「Miyu」。

草也雖然注意到和自己妹妹同名，但那是個常見的名字，所以沒有想太多。

就好像刻意不讓自己想太多一樣。

一直不去正視那些並不算小的奇怪之處。

「喔……喔喔。」

『喔是什麼意思？』

「盂蘭盆節就會回去。」

『當然要回來啊，今年要為陸哥辦第六年忌日的法事。』

六年前陸在溪流中身亡，當時他們就是利用父母的盂蘭盆假期去露營。

「陸……天澤陸……」

『奏哥？你在碎唸什麼……振作一點好不好。該不會熱昏頭了吧？是不是中暑了？』

「美結，妳真可靠。」

『幹嘛突然誇我……我問你，為什麼放暑假還不回來？』

「就說有點忙了……」

聽見草也含糊的回答，早熟的妹妹嘆了口氣。

『媽在等你。你應該也發現了吧？』

「發現什麼？」

『她很後悔讓你住宿。因為你執意要住，爸才答應的……快回來看她吧，整天念書有什麼用？』

「我沒怎麼在念書。」

『騙人，我都知道了。你在家的時候也老是在偷偷念書。難道是想變得像陸哥一樣嗎？』

「……怎麼會。」

草也對著電話否認後說不出更多話，導致了一瞬間的沉默。

陸很聰明。還在念小學，就能像解謎般輕鬆解開國中的數學題，經常讓身邊的人嚇到。實際上他似乎真的把解題當作遊戲，樂在其中。陸從來不需要發憤苦讀，這點也很有他的風格。

『沒人希望你變得跟他一樣。奏哥就是奏哥。』

美結似乎察覺到什麼，如此說道。

真是個可靠的妹妹，可靠到不像國三生。陸過世後代替他成為家庭中心、支撐所有人的，或許不是自己，而是美結。

但是妹妹不知道。

不知道當天的一切。當時年紀尚幼的美結，不可能知道真相為何。

「這很難說。」

『咦？』

「抱歉，總之我過一陣子就會回去。確定日期再跟你們連絡。」

『一陣子是多久？』

「應該很快吧。幫我跟媽說一聲，拜拜。」

『等一下，哥……』

他輕觸螢幕後點了一下，妹妹的聲音隨即消失。房間再度只剩蟬聲。

和剛才不同，他如今連嫌蟬吵的心力都沒有。

頭腦太過混亂，感覺身心都宛如飄在空中。

簡直像幽靈一樣。

他不知道自己是誰。原本認為理所當然的事突然被推翻，造成強烈衝擊。

他的家、他的家人、過去的記憶，原來都是天澤的嗎？

——原來我就是天澤奏嗎？

即便想否定這個荒謬的想法，現在的狀況仍在在顯示這一點。

野原草也只存在於舞台劇的劇本中。望向牆壁，原以為隔壁是自己房間，結果竟是本來就沒人住的空房。

「啊……」

草也回過神，再次拿起手機想找證據。想要扳回一城似的，打開平時和天澤聯繫的日記APP。

交換日記雖能證明天澤另有其人，但草也並未和他直接交談。一次也沒有和他說過話，無論在腦中或在外面。

過去的記憶都是虛構的嗎？那場意外，還有葬禮。看到天澤是班上的風雲人物，羨慕他能和市來平等對話的記憶。

身為草也時的記憶——

怕麻煩的他，除了交換日記外只寫過一次日記。當時一時興起下載了日記APP，後來沒有繼續寫下去。那時候怎麼會突然想寫日記呢？

應該是將近一年前。不，是暑假結束後第一個星期日。

草也點開APP中的日曆往前滑。在開始交換日記前，有好長一段時間什麼都沒寫，唯有去年那一天標上了小小的星號。

標示寫有日記的記號。

草也寫了日記的那一天，天澤也寫了日記。

他用指尖點開，畫面隨即切換。

『今天，在電影院偶然遇到市來。』

那聲音持續響了幾次。

叩，輕輕敲打窗戶的聲音。

草也去餐廳吃過晚餐後，趴在書桌上小睡，聽到聲音猛地抬頭。

「啊……」

用不著照鏡子。即便身體是天澤的，草也的意識不論何時依舊維持原樣。

叩，聲音再度響起，草也望向看不見雨滴和星光的昏暗窗戶。站起身嘎啦一聲拉開窗戶，和底下站在電線桿旁的男孩對到眼，嚇了一跳。

市來抬頭望著草也，臉被街燈照得白晃晃的。

草也驚訝到忘了昨天才從市來家逃回來，連忙下樓。他躡手躡腳穿過門禁時間已過的宿舍入口，儘管心臟猛跳仍故作鎮定。

「市來……」

「你總算發現了。」

「好、好傳統的作法。或者該說古典吧。」

用小石頭敲窗戶的叫人方式，如今連在漫畫或連續劇中都看不到。

「沒辦法啊，宿舍有門禁，又連絡不上你。」

「抱歉，我趴在桌上睡著了……」

小睡雖是事實，但從昨夜起這一整天收到的LINE他都沒看，並不能以此作為藉口。

他沒有勇氣點開。

「看得出來，你額頭上有凹痕。」

市來沒有深究，只是笑了笑，彷彿只要能見到他就好。

「不痛嗎？」

「不、不痛。」

草也揉著額頭，即使低著頭仍能感覺到市來注視自己的眼神很溫柔。

市來朝他伸出手，沒有觸碰他的睡痕，而是輕輕撥了撥他的瀏海。不久前他還會為這樣的動作感到欣喜若狂，現在卻不知道該露出什麼表情，只能一直盯著其實也沒幾顆小石頭的柏油地面。
「昨天你反應怪怪的，所以我有點擔心。」
「抱歉突然離開。」
「這倒沒關係……話說，我想起野原草也是誰了。」
「咦？」
「是你去年校慶時，在舞台劇中演的角色吧？都過這麼久了，怎麼突然提起角色的名字？」
他聽了不禁抬頭。
世上沒有草也這個人，不存在於任何地方。生命別說結束了，就連開始都還沒有，就只是個虛構世界的角色。
草也的腦袋試圖理解這點，心情上卻無法接受。甚至懷疑是不是這才是夢。
他無法在自己之內找到天澤，也無法真切地感覺到自己就是天澤。
市來說天澤也在落雷事故中受傷，昏睡了很久。若說這是後遺症導致的記憶混亂，或許說得通。
——可是。
「我當時睡昏頭了，夢到去年那場戲。」
「是嗎？可是你當時說不是夢……」
「大概是因為那是我第一次演戲，留下了深刻的印象。覺得很新奇……又很開心。」

「開心……那場戲會開心嗎？」

市來不知為何一臉困惑。

當時草也強烈否認那是夢，或許因為這樣，市來才對他的辯解存疑。

「畢竟那角色和我完全相反，我又很少有機會扮演別人。今天偶然在隔壁儲藏室發現演戲用的道具。連同劇本，所有東西都在那裡。市來演龍，感覺也很新奇呢。」

「嗯……因為我是全班最高的，就被硬塞了這份工作。」

「你都在睡覺，高不高其實沒差吧。話說最後讓你掉進洞裡，太過分了啦！」

草也刻意說出一些從劇本中得知的資訊。

市來愣了一下，但仍直視著草也應道：

「……不過這角色只要從頭睡到尾就行了，或許挺適合我的。」

終於得到肯定的回應，草也鬆了口氣，但視線仍游移不定。

溫暖的徐徐夜風，吹動男孩放暑假後長得更長的瀏海。

細長的黑眸忽隱忽現。今晚雖沒有月光，但他的瀏海連在街燈下都透著濡溼般的光澤。

「市來。」

「嗯？」

草也一如往常地呼喚他。

「讓你特地跑一趟，真抱……不，謝謝你。」

老愛道歉的草也支支吾吾地修正說法。

「反正沒有很遠，我也想見你。」
市來露出靦腆的神情。
「還有，謝謝你之前……幫了我。」
「幫了你？」
「剛入學的時候。朝會結束後我身體不舒服，你不是來關心我嗎？帶我去保健室，還幫我清理。」
他很開心。雖然很丟臉、很難為情，當時甚至覺得這輩子都完了，但身體不舒服時有人關心，心情還是會輕鬆許多。
然而，連那段回憶都是……
「都多久以前的事了。」
市來苦笑。
「是啊……正因有那次機會，我才能和你說上話。」
男孩羞澀地笑了笑，目光仍注視著草也。
但草也卻覺得，那就像透過玻璃窗的光線一樣，並沒有看著自己。
彷彿不存在卻又無所不在。
總是希望獲得關注，卻又害怕受人注意。
就像原野上的小草一樣。真正的他不是美麗的花朵，也非高大的樹木，即便有人注意

到，也只會說：「啊，原來是草啊。」

——原來是奏[4]啊。

「……啊。」

週日。在這漫長的暑假之中，星期幾其實都沒差，但草也每天早上幾乎都在同一時間醒來。

如今已聽不見鬧鐘聲響。隔壁同學早就回家了，另一邊則是儲藏室。他確認般看了看左右的牆壁，緩緩坐起身。

今天是七月最後一天。

到了樓下餐廳，整間宿舍空空蕩蕩，彷彿人都走光似的。實際上他們宿舍本來人就不多，而且放假期間沒有人像草也這麼早起。

暑假的早餐只有麵包和沙拉，像平時一樣得自行取餐。早餐只供應到八月第一週，第二週起便進入盂蘭盆假期，宿舍將關閉兩週。

吃完乏味的早餐後，草也最近都會來到冰箱前。拉開銀色的冷凍庫抽屜，看看那盒寫有「天澤」名字的冰淇淋。

草也原想在天澤回來時請他吃。住宿生中沒有人會亂吃別人東西，現在又已證實草也不是幽靈，也非靈魂出竅，因此這盒冰仍好好地躺在冰箱裡。

不會消失。

4 奏日文音同草。

「哦，天澤，你要出門啊？」
上午草也在房間換好衣服準備出門，碰巧在宿舍門口遇到買完東西回來的舍監岡野。
「是的。」
「今天也很熱喔，你不戴帽子嗎？」
「我只是要去一趟站前的書店。」
「咦，去書店？穿這樣我還以為要去約會呢。真有你的風格。」
他身穿燙得平整的襯衫，看起來不像「只是出去一下」。
草也一如往常，甚至更加用心地扮演天澤。
得知自己就是羨慕已久的天澤後，草也忽然明白，天澤其實也有想要成為的人。
天澤在班上或許只是在扮演十項全能的自己吧。一臉淡漠，內心卻背負著青春期難解習題的不是別人，正是他自己。
即使知道這點，情況依舊沒變。太陽依舊不會從洞中，而是從東邊升起，嚴格來說太陽根本不會升起，只是隨著地球的自轉忽隱忽現罷了，現實一點都不浪漫。
草也既非幽靈，也還沒死，但草也仍是草也。走到站前書店短短十分鐘的路程，豔陽火辣辣地灼燒他的肌膚。
自動門打開那瞬間流瀉出的冷空氣，讓草也得以喘息，接著便走向二樓的參考書區。
說起來，之前他看了覺得順眼而買下的參考書，側櫃的抽屜裡也有一本。原來是已經用慣的書，難怪會覺得順眼。天澤不但畫線的位置和草也相同，連選用的螢光筆顏色也一

模一樣，令他不覺失笑。

天澤應該是在被雷擊前，就將大量參考書藏在抽屜裡了吧。為了成為無須用功念書就能名列前茅的「某人」。

期待著自己能奇蹟般地變成另一個人，告別原本的自己——

然而，為什麼在那奇蹟下誕生的，會是草也呢？

不是陸，而是野原草也。

「買參考書啊？」

草也來書店原想買新的參考書，卻不自覺愣在書架前，聽見聲音嚇得差點跳起來。一轉頭，看見的是和自己身高差不多的人。

「島、島本。」

草也下意識後退，對方並未伸手拉住他，導致他的頭撞到書架。所幸撞擊力道不大，島本卻看得目瞪口呆。

「還好嗎？我遠遠看到一個長得像你的人就跑來搭話。哇喔，原來這間店有賣這麼多參考書啊。」

話語間聽得出他從未買過，也完全沒興趣。不愧是每次考試都向草也……不，向「天澤」求助的島本，手裡拿的不是參考書，而是幾本漫畫。

兩人一同至櫃台結帳，島本被書店附設的咖啡廳吸引，在門口駐足。

「我一直想喝喝看這裡的珍奶星冰樂！季節限定的！」

島本圓滾滾的眼睛閃閃發亮，興奮地這麼說，草也也只能陪他去了。草也正好也渴了。
「還好有遇到你，這種店我不太敢一個人進來。」
「兩個男生進來這種地方也很怪……」
若在更靠近市中心的地方，或許可以看到來咖啡廳開會的上班族，但不管怎樣，穿西裝的男性上班族感覺都不會點甜品類的星冰樂。
咖啡廳今天也坐滿學生和情侶，他們找到的空位在戶外座位中央一帶，和上次與市來同行時一樣。
不同的是，即便和島本隔著圓桌對坐，草也的內心仍平靜無波。完全不像與市來同行時那樣興奮不已、心跳加速。
「如何？」
島本像女孩子般雙手捧著塑膠杯，含著粗吸管，草也詢問他的感想。
「嗯，很好喝。但冰塊好像有點多。你也可以點來喝喝看啊。」
草也點的是簡單的冰咖啡。
「是因為不喜歡甜食嗎？冰淇淋之類的。」
「我打算暫時不吃冰淇淋了。」
「為什麼？減肥嗎？」
島本不解地問，但草也心中也沒有明確的答案。
如今就算發願戒吃冰淇淋求天澤回來，也沒有意義。

他不想讓對方深究下去，因而反問：

「對了，有件事我很疑惑。為什麼我們班上老是擺著花？」

「花？窗邊座位的花嗎？應該是松野同學帶來的吧。她家開花店。」

「這我知道，但一直覺得很疑惑。就好像有人過世……」

「應該是賣剩的吧？」

島本捧著想喝很久的飲料，一臉愉悅地回答。

「賣剩的……」

「不然還有什麼理由？不過空桌配上花瓶，確實會讓人嚇一跳。就像有人死掉一樣。」

話一說完，島本隨即簌簌吸起飲料。

「喔……說的也是。」

草也附和完後無話可說，也只能跟著喝起冰咖啡。

「天澤，你手機是不是在響？」

對方以眼神示意，草也回過神拿起桌上的手機。急忙確認之後，又像踩了煞車似的停下動作。

「是LINE嗎？」

「嗯。」

「誰啊？」

草也又微微踩了煞車，小聲回道：

「……市來。」

他凝視了螢幕好一會兒，最後還是將手機放回桌上，島本見他這樣，含著吸管口齒不清地問：

「李不肥他嗎？」

「待會再回。」

「咦，已盧不肥？好壞……他傳了什麼怪怪的內容嗎？」

「不知道。」

豈止已讀不回，草也根本就沒讀。只看見待機畫面跳出通知，開頭寫著：『可以去你那邊嗎？』

草也還沒看下文，就在猶豫要回什麼。

三天前市來在深夜來過宿舍。所以草也認為，他應該是在問可不可以再來宿舍找自己。白天可以邀朋友進宿舍玩沒關係。有關係的是草也。

「怎麼了，你跟市來吵架了喔？」

「怎麼可能，我們沒有吵架。」

草也隨即回答，但島本仍露出狐疑的眼神。他奮力吸著最後幾顆黏在塑膠杯底的珍珠，而後喘口氣似的停下來說：

「我真搞不懂你跟市來感情到底好還是不好。上次問你的時候，你還立刻回說你們不是朋友。」

「咦，是嗎？」

「你自己說的耶……」

「抱、抱歉，我記憶有點模糊。」

島本用眼神責備草也，像是在說「這哪裡只是有點」，接著再度和逃竄的珍珠奮戰，草也怯怯地問：

「那是什麼時候的事？」

「嗯，校慶那時候吧。舞台劇最後雖然變成那樣，你和市來還是把戲救了回來。我說了句『你們真有默契』，你就馬上反駁。」

吸管又開始簌簌作響。

「變成那樣……」

「你穿著勇者戲服，一臉認真地說『市來不了解真正的我』。假如說這話的不是『班長』你，我早就昏倒了。不，就算是你，我也有點傻眼。不過……我能理解。」

「理解什麼？」

「因為你在班上好像沒有真正的朋友。乍看和誰都好，但和每個人之間都有隔閡。只有校慶的時候跟大家比較沒隔閡。」

只有扮演野原草也的時候——

島本微微歪起頭看草也。

「現在也是。」

「咦？」

「我很喜歡最近的天澤喔。不過聽到你忘記小考的時候，我還是有點不知所措。」

島本笑嘻嘻的，完全不覺得仰賴別人有什麼不對。他並沒有像往常那樣叫「班長」，而是叫「天澤」，或許也是這個原因。

「我也學你買本參考書回去好了。原本覺得聰明的人不用念書就會，不會的人再怎麼努力還是不會。但看到連你都經過一番努力才考到好成績，我也想念點書，這樣說不定能有所改變。」

「……嗯，我就是努力後才有所改變的。」

草也笑著點頭，島本幹勁十足地說了聲「好」，不知何時已然喝光珍珠，將塑膠杯咚地放在桌上。

原以為他個性變了，結果那雙圓滾滾的眼睛又亮了起來，問道：

「如果還有不會的地方，你可以教我嗎？」

島本要搭電車回家，兩人在書店前道別。

太陽仍高掛天空，路上的行人都被熱到一臉煩悶。草也原想邁開腳步，但很快又退回書店門口的屋簷下。

他拿出手機，點開市來的訊息。除了通知跳出的文字外，沒有其他內容。草也寫道：

『抱歉，我人在外面。』立刻收到回覆。

『我知道，你在書店對吧？』

草也「咦」了一聲，環顧四周。收到訊息都過了快一小時，當然已看不見市來的身影，映入眼簾的是剛才坐的咖啡廳戶外座位。

雖有木頭隔板稍微擋住，但那個位置從人行道上還是看得很清楚。

『市來，你現在在哪？』

草也連忙傳訊息問。

這三天市來傳訊息來時，他都只能回些無關痛癢的話。

知道自己就是天澤後，他突然不知道該用什麼方式和市來相處。

他沒有身為天澤的自覺，因此無法厚臉皮地認為「這下就能毫無顧忌地和市來交往了」。

「……兔子？」

看見市來回的貼圖，草也疑惑地歪起頭。

那張充滿個性的插畫乍看像未知生物，但從旁邊的胡蘿蔔看來，應該是兔子沒錯。

儘管有些懷疑，草也仍在豔陽下飛奔出去。他沿著來路返回，要去的地方不是宿舍，而是位於半路上的學校。

他半信半疑地前往中庭的兔舍。市來穿著休閒的T恤和五分褲，蹲在鐵絲網前。和上次不同的是，兔子們全都聚集在他面前。

男孩正從腳邊的藍色水桶中拿出高麗菜餵兔子，看見氣喘吁吁的草也後，瞪大眼睛。

「沒想到你只看了第一個提示就來了。」
「你、你有要給我第二提示嗎？」
草也這麼問，內心充滿罪惡感。
「對不起，剛剛沒有馬上回覆你！」
市來當時應該就在現場。『可以去你那邊嗎？』可能指的是咖啡廳。
「沒關係，我也沒說自己在書店前面。沒有要瞞你，就只是剛好路過看到你們。」
「我和島本是在那裡偶然遇到的！他在書店向我搭話，我、我當時在找參考書……」
雖然聽起來像狡辯，草也還是想說清楚。正拚命解釋時，忽然被比自己更拚命的生物吸引目光。
小動物們將鼻子抵在鐵絲網上，設法吃到市來舉在半空中的高麗菜。白色、棕色、斑點，十多隻的兔子家族排排站，幾乎要將鐵絲網的空隙填滿。
「怎麼會有那些青菜？」
「喔，去附近超市要的。我現在也是生物社的一員了。」
「你加入生物社了？」
「不是加入，是被挖角的。」
市來說著笑了笑，那些得到高麗菜的兔子心滿意足地開始咀嚼。
「我有時會來這裡，生物社的人發現後就問我：『你喜歡兔子嗎？』然後拜託我暑假下午有空時來幫忙餵一下兔子。他們說我可以帶小不點們來看，所以我就答應一週來幫忙餵兩次。

「原來是這樣。」

能夠帶弟妹來看，一定是市來接下這份工作的主因。

「他們做事還真隨便，竟然把兔子交給我這種人。」

男孩可能是想掩飾害羞，故意把自己講得很壞，瞇著眼苦笑。

「怎麼會？我知道你真的很喜歡兔子，而且是很好的人。」

「是嗎？」

「是啊！」

雖然只是小小的兔子，但也是生命。若不信任市來，是不可能把生物交給他照顧的。草也突然認真地這麼說，連LINE的事也忘了，市來見他這樣又笑了笑，低聲說：「是嗎，那就好。」

中庭的陰影處暑氣減弱不少，校舍之間的藍天美得像山谷間的溪流。男孩按順序分發青菜，眼神沉穩而溫柔，讓草也不禁看得出神。

男孩的側臉總讓他念念不忘。他忽然發現那個他暗戀的、記憶中的市來，都是從左邊看見的側臉。

對了，因為自己坐在他左邊——

眼前的雙唇又動了起來。

「我也明白了一件事。」

「咦？」
「你真的是『草也』對吧？」
他還以為自己聽錯了。
「咦……」
「你之前說的事雖然讓人難以置信，但仔細想想那次雷擊事故後，確實有很多不尋常的地方。突然跑好幾間神社驅邪，還開始認真準備考試……你以前想必也很認真，但從未在班上展露這一面。」
「那、那是因為……」
「最重要的是，你還說要跟我交往。」
草也倒抽了口氣，啞口無言。
「所以你說你不是奏，我覺得也很合理。」
他不發一語地拚命搖頭，光這樣就耗盡全力。好不容易擠出聲音，聽起來卻像哀號。
「是我睡昏頭了！草、草也不過是角色的名字。」
仰著頭的市來表情依舊沒變。
「那我問你，校慶那齣戲的結局是什麼？」
「結局？最後……啊，不就是按按鈕嗎？我小心不讓演龍的你發現，偷偷按下按鈕，讓你摔進太陽升起的洞裡。於是村子又迎來早晨，我也光榮地成為英雄，大家從此過著幸福快樂的日子。」

「劇本上是這樣沒錯。」

「咦……」

「實際上你的腳勾到照明用的電線，弄倒了燈具。」

那座洞窟彷彿會呼吸，在夢中看起來又大又深，內部充滿不知何處照進來的光，使整座洞窟呈現藍色。

原來那片藍光只是普通的燈光嗎？

「怎麼可能……我才沒蠢到會弄倒燈具……」

「意思是可靠的你不可能做這種事，是嗎？然而，你當時狠狠絆了一下，要不是我跳起來接住你，你就在台上摔成大字形了。由於龍被吵醒，整齣戲都搞砸了。」

市來顯然沒有在說謊。

說起來島本談論這件事時，口吻也怪怪的。就好像天澤和市來好不容易救了這齣戲一樣。

感覺到市來站起身，草也不禁縮起身子。

「你是草也對吧？」

他低下頭，下意識咬著嘴唇。沉默了好一會兒才下定決心開口，聲音卻微弱到連自己都嚇一跳，小聲到像要哭出來似的。

「……我很奇怪吧？你、你是不是覺得我該去醫院？」

肩膀在顫抖。剛才在豔陽下冒出的汗水，如今卻讓身體發冷。

連心都變得冰冷。自以為是幽靈的時候反而還比較樂觀，真奇怪。多重人格，記憶障礙。這些可怕的詞閃過腦海，最後甚至逃避現實地想，這樣啊，我果然被狐妖附身了。

「你自己怎麼想？」

「我想……我想等到暑假結束再看看。像天澤那麼認真的人，應該會回來吧。」

草也將自己說得像別人一樣，令市來露出困惑神情。看來他即使知道草也的狀況，內心仍難以接受。

「可是連期末考他都沒回來了。」

「我也不知道，只是覺得有這個可能。」

「他不會回來的。」

聽見對方語氣強烈地否定，草也身體一顫。

市來輕聲嘆了口氣，將聲音放柔重複道：

「他不會回來。因為打從一開始，你就是他。」

對方靠近了一步，草也自然而然地往後退了一步。

「可、可是，我稱得上是天澤嗎？我不是大家所認識的天澤。」

「……什麼意思？」

「我就算真的是天澤，也只是他的殘渣。是他……不要的部分。」

彷彿不存在卻又無所不在。

埋藏在心底的自己。為了不讓人看到而封印在深處、不同於平常的自己。所有人或多或少都有這樣的「自己」，沒想到這部分竟會化為幾可亂真的幽靈，按星期輪班，以如此滑稽的形式呈現。

「你在說什麼？怎麼可能有不要的部分？那你又為什麼會在這裡？」

草也一回神，發現市來正用焦慮的眼神凝視自己。

「市來……」

「如果你不想要這個你，這個你就不可能出現，『天澤』也不會留下這個你，自己消失吧？」

「那是因為……我比較厚臉皮。」

一定是因為他許願想和市來在一起。

那天，天澤消失的早晨。草也內心期待著能和市來出去玩。他其實很想和市來一起去動物園，很想見市來。

開始奢望能和市來一直在一起。

「奏。」

「就算我是天澤，也不是你想像中那種人。我蠢到搞砸重要的戲……根本就只想著自己，只會做表面工夫。」

草也望著地面說完，果斷地背過身去。

「請問……有什麼問題嗎？」

草也簽收完包裹，死死盯著自己自然寫出的「天澤」二字，使門外的送貨員感到困惑。

「啊……沒事，辛苦了。」

他連忙將視線從單據上移開，回以笑容。

外頭的熱氣趁他簽收包裹時肆無忌憚地溜進家門。草也渾身被熱氣包裹，呆站在這個剛寄到老家的大箱子前。

「奏，包裹裡是什麼？」

廚房傳來母親的聲音。

「是花，好大的花，奈津江阿姨寄來的。」

「奈津江真是的，我都叫她別費心了。老公，可以請你跟奏一起把花擺在佛堂嗎？」

母親和妹妹美結正忙著準備午餐。父親則坐在客廳兼餐廳的桌前，悠哉地看著電視，聽見母親點名後便站起身說「好」。

住在遠方的阿姨寄來一盆鮮花，作為陸的忌日法事供奉的花卉。

草也八月一到就回家了。父母和妹妹似乎認為他會等到盂蘭盆節才回家，看到他回來都嚇了一跳。

起初避開家人，如今逃離宿舍避開市來，又能如何呢？

自己究竟是什麼人？

下意識在宅配單據上匆匆寫下的文字，酷似天澤工整的字跡。

家中每個角落都與記憶中無異，無論父母、妹妹或遺照中的哥哥，都沒有絲毫奇怪之處，唯有草也的意識仍突兀地維持著原樣。

「盂蘭盆假期的時候，醫院是不是都不會開？」

母親明明說「午餐簡單吃點冷麵就好」，桌上卻擺著一大盤炸雞塊。草也沒伸筷子，喃喃問道。

坐在對面的母親立刻有了反應。

「什麼醫院，你哪裡不舒服？」

「沒有不舒服……只是好奇醫院在假期中的狀況。」

長子的第六年忌日在即，草也不忍心告訴父母，身為雙胞胎弟弟的自己也疑似有精神方面的問題。

他連忙隨便找些藉口含混帶過，母親依舊一臉擔心。

「真的沒事嗎？你不在父母身邊生活，自己要照顧好身體。學校的健康檢查會不會不太夠？只有一些基本的檢查對吧？你下次也跟你爸去做全身健檢……」

「太誇張了，我才十六歲。又不是中年人。」

「也有人年紀輕輕就生病的啊。對吧，老公？」

妻子望著自己尋求認同，兒子又將自己歸類為中年人，父親可能覺得有點尷尬，便假裝專心收看一直開著的電視，心不在焉地應了幾聲。同時將冷麵從飄著冰塊的玻璃碗夾到醬汁碗，再送入口中，如機器人般不斷重複。

吃著雞塊的美結代替父親指出了核心問題。

「媽，妳就老實說想哥哥就好了嘛。」

「咦！」母子幾乎同時說道。

「美結，我只是擔心妳哥。」

「又來了！妳老是說他住那麼遠，自己能為他做的只有擔心。還說不知道他在宿舍過得如何，所以很焦慮。」

「那是因為……」

「此外，能做的也只有在他偶爾回來時炸雞塊了吧。」

妹妹因應夏日天氣將頭髮盤了起來，才一陣子沒見又成熟不少。她望向遲遲不動筷子的草也。

「奏哥，不吃嗎？很好吃喔。你不是喜歡雞塊嗎？」

「嗯，喜歡是喜歡。但最愛雞塊的還是……」

不是他，而是陸。然而如今每次回家，餐桌正中間必定會出現炸雞塊，這不可能僅是偶然。

母親擅長做菜，草也知道她炸的雞塊連廚師都會自嘆不如。但吃的時候該露出什麼表情才好呢？該像陸那樣誇張地表現出喜悅嗎？陸是用什麼語調說出「好吃」的？是用什麼表情吃雞塊的？

陸如何、陸如何——

就連吃雞塊的方式，草也都會在意。

待在家裡，任何大小事都像這樣，由於壓力太大，他升上高中後才會想要住宿舍。

隔天是晴天。

草也回家後一次也沒下過雨，陸的第六年忌日也是典型的夏日，從早上起藍天中就飄著大朵的積雨雲。

由於正值盂蘭盆節，他們家費了番工夫才請到僧侶來做法事。母親往年即使知道這點，仍堅持在忌日當天舉行，今年竟冷靜地說出：「下次還是提早一些好了，陸可能也不喜歡這樣手忙腳亂的。」令草也深感意外。

傍晚，來參與法事的親戚都已離開，氣氛復歸平靜，草也發現母親一個人坐在佛壇前。父親當初建房子時，這間和室是陳設單調的客房，六年前變成了佛堂。

「媽，怎麼了？」

「嗯？只是覺得花好漂亮。」

草也有點嚇到，向母親搭話，但她似乎只是在欣賞阿姨送的花。

「鮮豔的花果然能讓空間明亮起來，還有股溫暖的感覺。」

他下意識坐到母親身旁，聽到這話忽然感到疑惑。阿姨那盆花之所以顯得特別華麗，不只是因為花的大小，還因為裡頭插著母親喜歡的粉紅色非洲菊。

「供花從第六年起就可以用白色以外的花。」

「原來是這樣，我現在才知道。」
「已經六年了呢，真是歲月不饒人。」
比起日曆上的數字，這種細小的變化更讓人有時光飛逝之感。
「那是……」
佛壇和其周邊除了花卉外也供奉著點心，讀經桌上則擺著風格和周圍迥異的東西。是一紅一藍的兩個面具。
「整理陸的房間時找到的，覺得很有夏日氛圍就擺出來了。」
「是妳在祭典上買給我們的，這個藍色面具是我的。還以為弄丟了，完全忘記有這東西……原來在陸的房間，好懷念。」
那是初夏逛祭典攤位時，母親買給他們的。兩個都是特攝英雄的面具，但分屬不同節目，藍色的面具上有貓耳。
「是嗎？我記得紅色這個是陸纏著要我買給他的。」
面具有兩個，母親的記憶卻只有一個。兩兄弟有著同樣的長相，母親卻總是比較記得陸發生的事。草也對此已太過習慣，聽了眼睛都沒眨一下。
說起來，陸房裡的東西也比較多。兩兄弟的房間雖然一樣大，陸的房間卻顯得較為雜亂，因為父母買給他的東西更多。
他們出生時穿同樣的嬰兒服，坐同一台雙胞胎用的嬰兒車，所有東西都是同款不同色。第一次拿到不同的東西是什麼時候？

「你從以前就是個乖巧內向的孩子。偶爾聽到你跟我要東西，我反倒會鬆一口氣。」

「咦……」

「每次我要買東西給你時，腦筋動得快的陸都會說他也要。」

母親遙想過去，瞇起眼呵呵笑道。

「對了，照片上剛好有拍到。你看，陸戴著你的面具，我還以為是他的呢。」

「可能是我借他的吧。我那個英雄出自小眾節目，不怎麼有名，看到攤販有在賣他的面具，連陸也覺得稀奇。話說回來媽還真厲害，這樣的照片也認得出來。」

他們是同卵雙胞胎，雖說父母和妹妹平常不會認錯，但照片可不一樣。

在照片中即使是同一個人，只要角度或表情稍一改變，看起來就會像另一個人，要分辨出雙胞胎更加困難。

「媽會不會連我們變成點陣圖都認得出來……」

草也一面讚嘆，一面隨手翻起母親遞給自己的相簿，翻到某張照片時忽然停了下來。

「這件外套……」

照片上是穿著亮藍色尼龍外套的自己。

「喔，是陸喜歡的外套。」

「這件其實是我的，但幾乎快變成陸的了……」

——對了。

兩人身材相同，因此從小就經常交換衣服或鞋子來穿。

那次露營時，草也也將外套借給陸。不過中午下起毛毛雨，陸聽見草也在打噴嚏，便將外套還給他說：「快穿上吧。」「你不穿嗎？」草也問。「我沒關係，可是你要陪我去溪邊釣魚喔。」陸露出淘氣的笑容說。

他還記得，雨點打在那件尼龍外套上的聲音。記得他們倆避開溼滑的黑色石頭，沿著溪邊往上游走。

記得走在半步之前的陸時而回頭，對自己露出的笑容。

那時候，母親之所以會將自己認成陸——

「媽。」

母親見他抬頭注視著自己，疑惑地歪起頭。

「媽，我……」

「知道了。來，這還你。」

「咦，喔……好。」

他困惑地收下母親遞給自己的藍色貓耳面具。

「對了，如果有什麼想吃的，就趁回家時說一聲吧。」

「咦……」

「你什麼都吃，的確讓我覺得很輕鬆，但很難摸清你的喜好。每次問你，你又都像你爸一樣說『都可以』。」

母親嘆口氣，彷彿在說這就是主婦永遠的煩惱。

「你有沒有特別喜歡的東西？」
「咦、啊，冰淇淋。」
突然被這麼一問，草也老實回答，換來母親的苦笑。
「奏真是的，那是點心吧。」

「真的要回去了嗎？」
站在門口的母親果真如妹妹所言，依依不捨地問。
連假尚未結束，連父親都還待在家放鬆休息，然而盂蘭盆節一過草也就說要回宿舍。
「抱歉，這次突然回來，有些事擱著沒處理好……」
「乾脆待到下週一再回去吧，現在電車應該擠滿了人。而且這麼早回去，宿舍也沒人啊。」
母親連珠炮似的說著，一旁的美結拉拉她的圍裙，搖了搖頭。母親旋即露出尷尬表情。
「那我秋天連假時可以回來嗎？」
草也笑著問。
「當然可以啊，這裡是你家。」
兒子的一句話就讓母親的神情和緩下來。
他覺得有些奇妙，原來母親是這麼單純的一個人嗎？
自己之前為什麼要想得那麼複雜呢？

「奏，我送你去車站。」

父親一直默默站在母親和美結後方，這麼說完後，便將車開出來。

草也坐上副駕駛座，車子駛出住宅區的巷子。他不經意望向後照鏡，看見母親打開家裡柵門，跑到路上來送他。

——又不是此生再也見不到。

「媽媽……就是媽媽呢。」

「在說什麼。」

聽見父親的吐槽，草也笑了笑，略微施力抱緊腿上的尼龍製大行李袋。

他自以為很了解家人，實際上什麼都不懂。由於誤會了家人而鑽牛角尖，試圖變得像陸一樣，縱使沒人希望他這樣。

他才是最想在自己身上找尋陸身影的人。

到頭來——市來都已經配合如此不講理的他，甚至願意相信草也的存在，他還是將市來一把推開。

「爸，下次見。」

「好。」

路上很空，車子暢行無阻地開到車站，車站裡卻人擠人。

看來收假潮已然湧現。所幸學校還算近，只要不在意時間，即使搭特急以外的列車也能抵達。草也做好要搭很久的心理準備，上了電車。

他想見市來。

明明是自己避開對方的，內心卻萌生如此任性的願望。既想見他，又不敢見他。LINE沒有新的訊息。草也告知要回老家後，市來沒有任何回應，說不定他已經受夠了，不想再和草也連絡。

草也在電車上順利找到位子，開始死盯著手機。

『親愛的市來一馬同學，最近天氣很熱，你過得還好嗎？我剛回家參加完哥哥的法事，正要回宿舍。我應該跟你提過我的雙胞胎哥哥陸……』

就像寫給天澤的日記一樣，開頭太過正經八百反而有點像在開玩笑。由於很久沒連絡，草也寫得極為認真，寫著寫著卻又不知該和對方說什麼。

他寫了又刪，刪了又寫。之所以對自己的文字如此沒信心，是因為他至今仍沒有身為天澤的自覺或記憶。

按星期輪班的那時候。

星期一、三、五，自己一如既往地以天澤的身分生活，是否如常擁有原本的記憶？

星期二、四、六，本來不應存在的草也，唯一擁有的就是對市來的愛意。

為什麼不是保有重要記憶的天澤，而是殘渣般的自己，以草也的身分留了下來呢？

——為什麼呢？

「……為什麼下雨了？」

草也換了車，好不容易坐到宿舍附近的車站，嘆了口氣。

沒為什麼，只能怪自己沒看天氣預報。看著行人們若無其事地撐起傘走出車站，草也也冒著雨邁開腳步，但就像被雨神鎖定般，雨越下越大。

別說摺傘了，他身上連一條毛巾都沒有，只好從包包拿出因懷念而從家裡帶來的面具。功能雖然僅和帽子差不多，但有總比沒有好。

他將面具戴在頭上，聽見雨聲啪噠作響。

離開車站，進到住宅區的巷弄，四周安靜到彷彿世上只剩下草也一人。溼漉漉的黑色柏油路上，唯有雨聲不斷響起。他走過校門口，跨過小橋後，宿舍就近在咫尺。

草也愣在橋上。

高䠷的男孩撐著塑膠傘，朝草也方向走來。傘下的市來煩躁地撥著變長的瀏海，和草也四目相對。

「奏。」

一聽見這聲音，草也隨即後退了幾步。

「怎麼會……」

到最後，他在電車上還是沒將 LINE 傳出去。

想不到要講什麼，一個字都想不出來——

他基於條件反射轉身逃跑，在橋前道路向左轉。

那條路他從沒走過。既不通往學校，也不通往宿舍或車站，只因為想逃跑就在不知通往何處的路上狂奔。

「奏！」

即便聽見對方呼喚自己，也無法停下腳步。原本心心念念想見市來，正因想見他才會回來，見到本人卻拔腿就跑。如此矛盾，彷彿體內真的存在著兩個分裂的意識。

那條河濱道路窄到僅能容兩台車交會，路上沒有其他人。草也跑沒多久就被追上了。

「草也！」

草也手臂被抓住，連忙將遮雨的面具拉下，將臉遮住。接著推開想為他撐傘的男孩，往後退了一、兩步。

「我、我不是草也。」

「那你是奏嗎？」

他還在做無謂的掙扎，市來聞言略帶不解地問。

草也默默地搖頭。戴在臉上的藍色貓耳英雄面具在雨滴拍打下，自顧自地奏出啪嗟聲響。雷鳴在遠方轟隆響起，宛如鼓聲一般。

「我、我和你想像中不一樣。」

「……這話你之前說過了。」

男孩的嘆氣聲，令他的小心臟縮了一下。

對方彷彿在責備他，都過了兩個星期還在說這種話。

「抱歉，但真的不一樣……我其實藏了一大堆參考書，是個躲起來念書的書呆子，而且一點自信都沒有，所以不配和你在一起……」

草也絞盡腦汁組織語言，忽然驚覺一件事。

在塑膠面具下的狹窄視野中，他看見市來同樣瞪大眼睛。

——不配。

據說天澤以前也說過同樣的話。

「原來……你當時說我們『不配』，是這個意思嗎？我還以為是我配不上你……」

一定是相反的意思。

草也已了解真正的天澤，敢肯定絕對是這樣。

「什麼嘛……我就是因為你這莫名其妙的想法，而被你甩了嗎？你以為我對你一無所知嗎？」

市來落寞地說完，草也在面具下眨了眨眼。

眨了好幾次，睫毛彷彿都在沙沙作響。

「我一直想當資優生，但不是那種死讀書的人，而是……任何事都能輕鬆完成，既帥氣又被大家需要……因為以前我的雙胞胎哥哥就是那樣。」

「我知道。」

市來說得很篤定。他將視線移回草也身上，用堅定的語氣說：

「打從一開始，我就知道你很愛面子，但其實內心很自卑。」

草也回想起被市來幫助那天的事。他在朝會上身體不適，受到市來照顧的那一天。

他一直記得兩人初次交談，喜歡上市來那天的事。

不知為何，這段記憶也存在於草也的意識中。

不知是因為太過丟臉，還是因為那是無論如何都忘不了的一天。

「不管你是奏或是草也都好。」

市來用毫不動搖的眼神，注視遮著臉的草也。

「因為都是天澤？」

「沒錯。因為兩者都是你，無論哪一個你都喜歡我……只要確定這一點，剩下的都無所謂。」

「市來……」

草也無意識地將被雨淋溼的手伸向胸口。

就在他揪住自己水藍色棉襯衫的胸前口袋時，雷聲轟隆響起。雨雲間出現閃電，突然刮起的強風，將他臉上的東西吹了起來。

那僅用一條鬆緊繩固定在頭上的、輕飄飄的藍色貓耳面具。

面具迅速被吹走，他不禁「啊」地叫出聲。

「奏，你……」

慌張的草也滿臉是淚。方才在面具下頻頻眨眼的雙眸淚流不止，臉上也都是淚痕。

塑膠面具撞到後方的電線桿後反彈出去，飄到了河岸邊。

「奏，別這樣！」

見草也想跨越護欄撿拾，市來焦急地制止。

「可是……」

「算了啦，太危險了……」

「那個面具是跟陸一起買的！」

市來聽見草也的叫喊，瞬間倒抽口氣。

他突然長腳一伸跨過護欄，令草也嚇了一跳。

「市來？」

「那東西不是很重要嗎？」

「等、等一下，抓著我！」

河岸很陡，而且沒有護岸設施。那些無人修剪的茂密雜草溼得發亮，看起來一踩就會滑倒。

或許是上游山區雨下得較早，平時水量很少的小河變得異常湍急。那深不見底的急流，彷彿在人掉落的瞬間就會將人帶走。

「市來！」

草也探出身，雙手緊抓市來左手，試圖拉住他。

他想起那次露營，不由得抓得更用力。還差一點。面具就掉在差點就能搆到的地方，市來以勉強的姿勢伸長手臂，想撿起面具。

「市來，算了，太危險了！」

「就差一點點了！」

「真的算了……」

雨雲再度發出轟隆低吼。幾乎同一時間，一道閃電劈開昏暗的天空，草也忽然有股腦內也被強光照亮的感覺。

腦海中閃過一些畫面。剎時間變得烏雲密布的灰色天空，冷得不像春天的強風在高空中呼嘯，更添陰鬱色彩。

那是結業式後看見的天空。

和今天一樣是個風雨交加的日子。草也以為人生結束，實際上才正要開始的一天。

草也聽著和那天相同的雷鳴，感受雨滴斜斜地打在身上，回想起那天在體育館後方聽見的聲音。

『真的嗎？』

是市來的聲音。

『什麼意思？』

自己的聲音反問。

『我在問你，剛剛說不喜歡我是認真的嗎？』

『當然是認真的，因為……你和我不配。』

時間緩緩恢復轉動，就像在斜坡上滾動起來般，當時的對話陸續浮現在他腦海中。

自己像是已無話可說似的，轉身想回教室，身後傳來男孩的聲音。

『等等，奏。』

他走向校舍間的走廊想躲避正式下起的大雨時，看見了那一幕。

同學們為了躲避嚇人的雷電，不知為何聚集在操場的大樹下。一共有五、六個人。有個女生看見閃電尖叫起來，他想都不想就衝了過去。

『各位，快離開樹下！』

那是一棵青剛櫟。宛如花椰菜般枝葉繁茂的大樹，比操場邊任何一棵樹都還高大，很可能被落雷擊中。

『奏，別過去！』

市來同樣察覺到危險，追在後頭想要阻止他。

不能坐視不管。奏受使命感所驅使，一面奔向青剛櫟，一面喊道：『大家快走！』他不是在逞英雄，只是一心想保護同學。

不知是島本還是誰，朝他大叫了一聲：「班長！」

下個瞬間，在一陣恍若巨大隕石墜落的轟響下，眼前變得白茫茫一片。

奏什麼都看不見，連自己伸出的手也是。分不清上下左右的他當場倒下。

滴落在眼瞼上的水珠，使他逐漸清醒過來。

不只一滴。臉頰、額頭、嘴唇，斗大的雨滴不停打落在臉上和身上。

「奏！」

有人在呼喚自己。

儘管閉著眼睛，奏仍能清楚認出聲音的主人。他恍惚地想：「不用喊那麼大聲，我也聽得見。」

「奏！」

對了，這個人當時也驚慌失措地喚著自己。

雖然失去了意識，沒看見對方的臉，但他都還記得。令人捉摸不定、總是一派從容的男孩，以極為焦急而害怕的聲音喚道。

「奏，快睜開眼睛！」

你當時也拚命呼喊著……

——我的名字。

「……市來。」

奏緩緩睜開微顫的眼瞼。

映入眼簾的，是男孩鬆一口氣的表情，以及他身後飄蕩的烏雲。

背部的觸感又冷又硬。看見市來右手拿著藍色面具，奏想起剛才市來撿到面具後，自己想將他從河岸邊拉上來，卻不小心用力過猛而跌倒。

奏正躺在柏油地面。

他似乎短暫昏了過去。

「市來，好久不見。」

剛才的那個自己仍確實存在於心中，原本徘徊於遠方的自己，也同時混雜在一起。

「你在說什麼……」

男孩平時總是乾燥柔順的長瀏海，如今被雨淋溼。

奏虛弱地抬起白皙的手，貼在對方臉頰上。市來像是忽然想到什麼，低頭望向躺在地上的他。

「是奏嗎？你回來了嗎？」

「回來……是啊。」

他停下來稍一思索，立刻明白與自己混合並同化的那段記憶，是屬於「草也」的。那不是別人，正是他自己的一部分。

「太好了。」

奏撐起身體想要站起，卻被一把抱住，驚訝地瞪大雙眼。

對方用力緊抱住他。

「太好了，你平安無事。剛才你昏了過去，我還以為又會出什麼事。」

「市來……」

他的身體稱不上溫暖。雖是夏天，卻和自己一樣被雨淋得溼冷。他的透明塑膠傘掉在遠處，不停被風吹動，在地上搖晃。

「我……其實想變成草也。」

奏在市來懷裡，將下巴靠在他肩上，望著隨風搖曳的塑膠傘說。

「草也不是我想拋棄的自己，而是我想成為的自己。既坦率又直接……即便一點自信

都沒有，還是能大方向你表白。」
一度放鬆的手臂加重力道。男孩用力抱緊奏，毫不猶豫地回道：
「兩者都是你。無論是不是理想中的你，都是天澤奏。」
「哈哈……是啊，說得沒錯。」
何者才是理想中的自己真的很難說。身為草也時，奏反而才是偶像。然而現在看到的情景卻天差地遠。
奏伸手環住自己依然深愛的男孩背部。
「謝謝你。也謝謝你幫我撿回面具，那是很重要的東西。」
天氣如此之差，總不能一直坐在路上相擁，因此兩人不約而同站起身來。
奏拾起扔在一旁的黑色行李袋，市來也撿起彷彿隨時要飛走的塑膠傘。
雨勢雖然減弱不少，但雷鳴仍在近處響起。
「糟糕，得趕緊找個地方躲雨。」
「要來我宿舍嗎？」
「喔，好啊。」
奏和市來共撐一把傘走著，忽然想起市來是從宿舍方向來的。
「你剛剛去宿舍找我嗎？」
「嗯……想說你可能回來了。早上雨下得很大，我有點擔心兔舍的狀況，去了一趟學校，順便過來。」

市來老實招認，聽起來卻像在辯解。但他應該是真的擔心兔子。還特地跑去確認兔舍狀況，生物社果然挖角對人了。

「現在宿舍關著，裡面沒人。舍監也回家去了。」

兩人快步回到宿舍，那裡感覺空無一人。

「咦，那我們……」

「還是進得去。舍監告訴過我備用鑰匙的位置。」

鑰匙就藏在入口旁的花盆底下。藏在如此老派且尋常的地方，讓市來有些傻眼。

「她還真信任你……話說這樣安全嗎？」

「這裡空間雖大，但沒什麼值錢的。」

奏打開拉門，室內鴉雀無聲，連空氣似乎都很長一段時間沒流通。

「真的只有我們兩個人……」

市來穿上奏拿出的客用拖鞋喃喃說完，立刻補充道：

「啊，我沒有別的意思。」

奏想起身為草也時的對話，苦笑道：「我知道。」

「我借你替換的衣物，希望你穿起來合身。」

奏帶他到自己位於二樓的房間，那裡一如既往。他有股奇妙的感覺，彷彿通往異次元的連結斷掉似的，以前一直以為隔壁是草也房間，如今想起那裡不過是用來放雜物的空房。

現實全都回來了。奏回房後，從衣櫃拿出毛巾和兩人份的衣物。

他盡量挑了大件點的T恤和五分褲給市來。男孩接過後，隨即脫下身上的T恤，露出結實的肉體，令奏心跳加速。

「在、在衣服乾之前，你先穿那件忍耐一下。」

奏方才倒在溼滑的路面，更是渾身溼透。總不能繼續穿著溼漉漉的衣物，只好悄悄背過身去，忸怩地換起衣服。

「我說你啊，這麼在意會讓我也跟著在意。」

聽見身後男孩的聲音，本就快蹦出來的心臟又開始亂跳。

「我、我才沒在意……」

「遮也沒用，反正我全都看過了。」

他正想反駁「你在說什麼」，忽然想起這番話既非謊言也非誇飾。

自己不只被市來看過裸體，全身上下還被摸遍，就連看不見的地方都做過這樣那樣的事——難以啟齒的記憶如怒濤般湧來。

「你該不會忘了吧？」

市來問，聲音近得嚇人。

奏好不容易才擠出聲回答。

「我……沒忘。」

赤裸的背部感覺到乾燥的衣服觸感，看來市來已換好衣服。

過近的聲音又靠得更近了。

「……抱歉，我說謊了。」

「咦……？」

「剛剛說『兩人獨處沒有別的意思』是騙人的。」

好溫暖。市來伸手從腋下環抱住奏，使他的心臟怦怦跳個不停。

原來自己是這麼單純的人嗎？

就好像潛藏在心底的草也，又浮現至意識表層一樣。

幸福感充盈心中。

「討厭嗎？」

「不、不討厭……」

奏無法像草也那樣坦率回答，市來聞言忍俊不禁。

掠過肌膚的氣息令奏感到麻癢。他縮起身子朝後方瞄了一眼，對方趁勢將臉湊了過來。

市來彎下與奏緊貼的身體，伸長脖子吻了奏。

這不是初吻，感覺卻像初吻一樣。市來輕啄他的唇，幾乎要發出啾、啾的聲音，甜得像滿滿一盒糖果般令他頭暈目眩。

「嗯、唔……」

奏被市來從背後緊抱，羞得手足無措，面頰潮紅。不知不覺間對方的指尖找到了他胸前的突起，只是輕輕摩擦就讓他忍不住發出聲音。

「等一下……！」

他以拒絕的語氣道。

「……你應該還記得吧？」

「記得是記得……但感覺像作夢一樣……」

身為草也時的記憶並未消失，但像夢一樣朦朧。

「像作夢一樣舒服？」

「不、不是，不是那個意思……啊……」

「看來你的身體還記得呢。」

「市、市來……」

心情跟不上現在的狀況，被遠遠拋在後頭，身體卻順從地產生反應。

無論揶揄的言詞，或男孩的低語聲，都從耳際一路傳到骨子裡。

「怎麼、會……」

硬挺的左右乳頭被雙手緩緩揉弄，奏難受到不禁亂動。

敏感的身體還記得市來的愛撫。就像一直在期待心愛的男人玩弄自己般，對他的一舉一動都積極回應，渾身酥麻。

奏在市來懷中扭動，用盡全力忍住不出聲。

「啊……」

「這裡也溼了。」

市來的右手往下滑到腰部。奏當然知道他指的不是被雨淋溼的褲子，原就泛紅的臉，這下連耳垂都變得通紅。

「……唔……呼……」

下身被撫觸，令他雙膝開始顫抖，快要連站都站不住。

對方像在確認形狀般摩擦那個部位，奏可以感覺到溼掉的不僅僅是外頭的工裝褲。

「停、下來……等一下……」

「可是你好像不想讓我停耶。」

市來將手抽離，奏反射性地將腰頂了上去。

他變得不像自己。既害怕被觸碰，卻又渴望市來多多撫摸自己，渴望感受市來的體溫。

「啊……」

「……奏，可以碰你這裡嗎？」

「不……」

「不行嗎？你全身我都想碰。」

市來用比平時更低的聲音，將嘴唇貼在他頭髮上誘惑似的問。身體深處雖已興奮顫慄，奏仍不乾脆地猛搖頭。

男孩像是沒看到他的拒絕，將細長的手指從褲子鈕扣移到拉鍊上。

「……都溼透了。」

勃起之物被人掏出，奏不禁扭動身體，害羞地用手肘推了市來一下。

「好痛……一般人哪會在這種時候對男友架拐子啊？」

「男友……」

「我是你男友吧？我們不是在交往嗎？難道現在不是草也了，你就想跟我分手了嗎？」

「……不要分。」

聽不慣的甜膩語氣讓奏不知所措，但仍如實說出心中唯一的答案，市來像要獎勵他似的又在他頭上落下一吻。

對方的笑聲響起，令他覺得癢癢的。

「奏，你比草也還要容易害羞呢。不過這樣我也很喜歡。」

「……騙人，你不是對草也說比起渾身帶刺的我，你更喜歡他嗎？」

奏沒忘記身為草也時發生的事，當然也還記得在床上聽到的甜言蜜語。

他低著頭說完，市來將他一把攬進懷裡。

「你能夠永遠用帶刺的方式對我嗎？」

「咦……」

市來趁著奏腳步踉蹌，將他推至床上。這房間太小了，就算不小心倒下也只會倒在床上。

「看來好像沒必要跟你借衣服。」

兩個大男生在單人床上糾纏，市來將奏壓在身下，脫掉剛穿的T恤，扔至一旁。

奏的目光被他的裸體吸引，只見市來勾起薄唇微笑。

「我本來喜歡上的就是帶刺的你，而且我不像你想像中那樣，能夠明確區分出你和『草也』。畢竟對我來說，兩者都是你……我現在想抱的也是你。」

奏反射性地閉上眼睛，眼瞼上傳來啾的一聲。

市來的嘴唇向下滑到他的雙唇上，趁他回應這個吻時，將他的身體一點點放倒在床上。

「你舒服的地方我都記下來了。」

市來因為是第二次而顯得遊刃有餘，但生澀的奏仍覺得手足無措，遲遲未消失的羞恥感令他焦躁難耐。

「不行、唔……碰那種地方……」

就連對方伸手觸碰他的性器，他都感到抗拒。

悖德感過於強烈。奏認真想撥開市來的手，和市來在雙腿之間展開無謂的攻防。

「為什麼不行？」

「很、很髒，會弄髒你的手。」

「一點都不髒，而且是我自己想碰的。」

「可是，有很多細菌……」

缺乏情調的話語，讓男孩聽得目瞪口呆。

「什麼細菌……我懂了，除了我以外，你沒讓任何人碰過對吧？」

「當、當然啊。」

「但你說過會自己來，還說幻想對象是我。」

好想死。他原就知道草也那部分的自己誠實到有點傻，但性格再奔放也該有個限度。

他又想起市來當時也很驚訝，皺起臉泫然欲泣。市來將臉靠近，近到瀏海都快碰到他的臉。

奏那雙顏色略淺的瞳眸中，映出市來的黑眸。

「接吻呢？也沒跟別人接吻過？」

見他一臉認真地問，奏搖了搖頭。

「……沒有。」

「只跟我接吻過？」

「就說是了嘛。」

「這樣啊。天澤奏這麼受歡迎，竟然還是處男，初吻對象也是我。」

「市來……」

奏原以為市來在捉弄自己，卻發現他臉上隱約帶著笑意。

「那你記一下我喜歡怎樣的吻吧。」

「嗯……唔……」

起初嬉鬧似的吻，很快就變得情色。

大人的深吻。兩人吸吮、啃咬對方的唇瓣，但彷彿還嫌不夠，連黏膜部分也淫靡地互相碰觸。靈活的舌頭時而糾纏在一起，時而侵入對方的口腔。

陶醉感滲透至身體每個角落，與其說是市來喜歡的吻，不如說是奏喜歡的吻才對。

奏沉醉其中，開始感覺到兩人不分你我，都愛這樣的吻。

舒服至極，吻到渾身癱軟。

「嗯……嗯、啊……」

他發現市來的右手正在撫摸自己硬挺的下身，但已沒有抵抗的欲望。

「嗯……」

連指尖都綿軟無力。市來一再用吻轉移奏的注意力，同時撫弄手中之物，使奏一點一點被快感俘虜。

他快受不了了。市來用手掌將他包裹，由下往上摩擦，又用指腹來回揉弄敏感的部位，好似在告訴他自己什麼都知道。

「市、市來……」

「……該叫一馬吧？你忘了之前已經改口了嗎？」

市來將他滑落的褲子依序從右腳、左腳拉下。

接著膝蓋伸進他腿間，將他的雙腳打開，呈現毫無防備的姿勢，奏的氣息因而紊亂起來。呼吸和心跳都迫不及待似的變得急促。

奏的性器上翹，溼潤的頂部從未乾涸。性器顫抖不已，液體濡溼了莖幹，讓男孩纏在上面的手順暢地上下滑動。

「……啊……嗯。」

他的腰不由自主地大幅度搖晃，發出帶有鼻音的撒嬌聲。

「舒服嗎？」

「啊、呼……唔唔……」

「奏太敏感了，要忍住聲音……很難對吧？」

「我才……沒有……」

市來用手和話語同時給予刺激，令奏舒服到頭暈目眩。他明明躺在床上，頭靠著枕頭，卻有股墜入某處、越沉越深的感覺。

他無意識地摸索可以抓的東西，將碰到的東西隨手拉了過來。

「……怎麼，想拿衣服當人質？不借我了？」

揉成一團蓋在臉上的東西，原來是市來剛脫下的T恤。

「你真的很喜歡用東西遮住臉呢。剛剛是面具，現在是衣服嗎？」

市來不解地說完，微微一笑。他雖未奪走奏手中的T恤，但奏不用看也感覺得到他在對自己的下半身做什麼。

這是他的身體，他當然感覺得到。連續不斷的刺激性愛撫，令他吐出炙熱氣息。

「……抱歉，今天沒帶擴張用的東西……忍耐一下。」

房內沒有潤滑液或可代替之物。奏意識到那隨著體溫變熱的溼滑液體應該是自己的體液，羞得快要發狂。

「呼……」

市來溼潤的手指毫不猶豫伸進窄縫深處。先在入口悉心塗抹一番後，再用細長手指撐開收縮的甬道。

「咿、唔……啊……」

「看來沒有潤滑液也沒差呢……你這裡又溼了。」

「不、不要、說出來……」

「你看，又來了……只是講你幾句，這裡又流淚了。」

「唔……唔……」

「真可愛……可愛到好不真實。」

男孩咕啾一聲將手指深入，為奏擴張，逐漸開始以他的反應為樂。

「啊……」

奏感覺腰浮了起來，原來是被市來抱到腿上。他的雙腿被折起，所有部位都毫無防備地敞開，不禁在衣服下發出啜泣聲。

「沒事，看不見就沒關係了吧？」

「怎、怎麼……可能。」

看不見的只有自己，市來目睹了一切。

好熱。光是想像他的視線，身體就像著火似的發燙。

手指增加到兩根，觸碰到記憶中那個部位，他內心無可抑止地湧上一股想哭的衝動。

「啊、唔……」

黏稠的液體又滿溢而出。

化作透明的水滴，落在下腹部。

「快、快要、不……要不行了……」

奏開始發出啜泣聲後，市來抽出併起的手指，換個姿勢將他壓在身下。

「我也快到極限了。」

市來呼吸急促，完全不輸喘到像過度換氣的奏。

「我想看你的臉了……想看著你的臉高潮……奏？」

對方連同T恤將奏抱住，雙唇抵在他被布蓋住的額頭上。

奏立刻明白他在親吻自己。他時而用吻安撫奏，時而和奏額頭相貼，一點一點拉扯衣角，將衣服從奏手上拉開。

感覺好久不見的戀人，有著一張奏所喜愛的、帥氣的臉。

他眼角微溼地望著對方。

「還很害羞嗎？」

「嗯……」

「……但我可以進去吧？」

市來的請求直接到不容奏拒絕，奏也不想拒絕。他的臉又紅又燙，含著淚怯怯地點頭。

「奏……你的確變了。」

「咦……？」

「你上次不是說醒來之後，可能會變一個人嗎……」

身為草也時說過的話突然浮現在心頭。

——如果我突然變了一個人，請不要拋棄我。

「……對不起，我這個人……很麻煩。既不可愛，又不坦率……」

——不像草也。

市來似乎猜到他沒說出口的話語，立刻反駁。

「你滿可愛的啊。不夠坦率也沒關係，我再努力一點就行了。」

「努、努力什麼……」

見市來自行脫去殘存的五分褲，奏興奮到腦袋發脹。

「啊……」

「不行，不能再遮了。」

「我不遮、我不遮……」

為防他再次將衣服蓋在臉上，市來抓起他的雙手按在枕邊。

市來進來了。奏感覺到他將體重壓在自己身上，同時一股碩大熱度也沒入身體深處，令奏喘得胸口起伏。

一點一點被貫穿。好不容易含入後，那個部位一被撞擊，隨即又有什麼東西從深處湧出。

他的身體不像女性會自然濡溼，但內壁欣喜地迎接市來後卻淫蕩地收縮。

「奏……你是怎麼辦到的？」

「不、不知道……」

「好厲害……一直吸著我。好舒服，你裡面……真的好舒服。可以再進去一點嗎？我想進到……你的深處。」

身體雖然已被填滿，但面對市來的需索不但沒有排斥，還顫動起來。

「啊、嗯……」

深處被由下往上按壓，使他忍不住發出呻吟。

體內彷彿有個開關，直接遭到觸碰後完全按捺不住。一旦嘗過那個滋味，聲音就憋也憋不住。市來沉醉在他的媚態中，一直用溼滑脹大的前端愛撫那個部位。

每當那裡被摩擦，甬道就會緊縮。

「不要……再、再那樣……」

「……哪樣？」

「呼、唔……啊……不、不要……了……」

「不要什麼？奏，告訴我好嗎？」

市來的嘴唇輕觸奏的額頭，那裡不知不覺間滲出一層薄汗。

接著又極為深情、充滿愛憐地吻了他的鬢角，並將高挺的鼻梁埋進他頭髮之間，喊了好幾聲「奏」。

「啊……那裡、不要……再敲了……」

「什麼敲，我沒有敲啊，你裡面這麼窄。」

「騙人，你從剛剛起……就、就一直敲打……」

「喔……這個啊？」

「咿啊……嗯嗯……」

對方輕巧地頂了一下，快感強烈到令他想哭。

每當市來晃動腰部，有節奏地如同敲門一般撞擊那裡，奏反翹的性器都會隨之顫抖。前端不停浮出水珠，牽出透明的絲線滴落在腹部。

「……流個不停的樣子真可愛。」

聽見市來陶醉地這麼說，奏紅著臉猛搖頭。

「啊、不要……不要、那樣……」

「你說不要敲，我才改變方式的。」

「啊、不行……那樣不、行……」

「哪一種不行？是這樣？還是這樣？」

「不、兩種都……不、行……」

深處被緩慢頂弄，他的聲音又變成了啜泣。奏發出斷斷續續的甜膩聲音，抱住蹂躪自己的男孩背部。

「不行……要、不行了……」

「嗯……你裡面確實讓人舒服到不行呢。」

「市、市來……我真的……要出來了……真的……」

「我的名字是？」

「啊……一、一馬……一馬、我、快要……出、出來了……」

奏應他要求，喊他的名字。

他沒有餘力思考。頭腦既像一片空白，又彷彿被填滿。大部分都被攀升的射精感支配，僅剩的空白也被心愛的男人占據。

「一馬、我、快要……」

他想和市來一起，不想一個人結束。為了讓市來也攀上高峰，他抱著市來用臉磨蹭，還吻上對方的唇，思索該說什麼。

「……歡……一馬、我喜歡你……啊、好喜歡……」

那瞬間輕易到來。就像一個不小心就發生似的，那裡遭受撞擊的刺激感，使他壓抑已久的東西噴發出來，腦袋一片空白。

奏連兩人是否一起迎來頂峰都不知道，意識逐漸遠去，整個人毫無防備地陷進床裡。

「……什麼嘛。奏，太犯規了。」

他隱約聽見男孩用既苦惱又愛憐的聲音這麼說。

他右手拿著劍。

那把薄劍受到行走時的空氣阻力而彎曲變形。草也帶著劍，雖當不成勇猛的勇者，但

由於無法捨棄責任感，最終還是往洞窟深處走去。

前路被藍光照亮，他走向眠龍鼾聲來處。

眠龍壓住了太陽升起的洞，草也的工作是從牠身旁經過，按下按鈕。眠龍不過是舒服地睡在地洞上，沒做錯任何事，要讓無辜的眠龍掉進洞裡，他確實有點過意不去，但這都是為了拯救不見天日的村子。

深處的牆面看起來十分柔軟，時而隆起時而凹陷。他以為那是龍的身體，緊張地接近一看，才發現是被風吹動的窗簾。

他覺得有些奇怪，但心想龍可能睡在窗簾後面。

草也重新振作，貼著側邊走時，看見被吹起的窗簾嚇了一跳。

方才避開的前方地面上，有一條如細蛇般蜷曲之物。草也的腳勾到那東西，整個人向前傾，某個重物被他拉動，沿著地面倒了下來。

嘈雜的人聲響起。出聲的不是待在洞窟入口處的村民，聲音是從右側的**觀眾席**傳來的。

他勾到地上的電線，弄倒了發出藍光、照亮洞穴的燈具。一個男孩從被風吹動的窗簾後方衝了出來，接住向前傾倒的草也。

草也落進對方懷裡，那把像用紙板做的劍隨即折成兩半。

「不要緊吧？」

「市來……」

他喊完才意識到。

對方不是市來。那個穿著大地色戲服的男孩，應該是正在睡覺的龍。「連龍都跑出來了！」看戲的同學們開始起鬨，令草也腦袋一片空白。

慘了，自己摔了一跤，害整齣戲要泡湯了。

就在他陷入恐慌，連台詞都忘記之時，市來靈機一動喊道：

「多麼仁慈的勇者，為了救我而挺身叫醒我！」

市來救場的台詞，讓懷中的草也聽得瞠目結舌。

「龍不會吃叫醒自己的人。像你這樣勇敢的人，正適合當我的主人。和我一同踏上旅程吧，主人。」

「我的龍……」

草也聞言有股得救的安心感，作夢似的望著男孩。

市來如同護衛般，扶著草也站了起來。草也牽起他伸出的手，將折爛的劍隨手一扔。

「沒錯，草也。讓我們前往遙遠的大地，前往嶄新的世界。」

規律的鼻息從身旁傳來。

側臥的男孩被黑髮遮去半張臉，發出微風般輕柔的呼吸聲。奏趴在床上用手肘撐起上半身，凝視著對方。

他想起校慶那場戲。

「多虧一馬，龍最後也不用掉進洞裡了。」

奏喃喃說完笑了一下，在情感驅使下將臉靠近。雙唇輕碰市來鬢角處後，再度抬起頭。

那個吻輕到不能再輕，但市來仍「嗯」了聲，醒了過來。

「啊……奏，早安。」

「已經傍晚了。」

奏羞澀地回應道。雖已過盂蘭盆節，白天還是很長，外頭仍有些亮光。

雷雨不知何時已然停止，只聽得見冷氣嗡嗡作響的聲音。室內溫度舒適，蓋著毯子剛剛好。

「總覺得有點抱歉。」

他記得自己在性事過程中失去了意識，尷尬又難為情。市來和他一起打了個盹，以為他在為吻醒自己而道歉。

「沒關係啦，反正我本來就沒打算要睡。」

要糾正也有點害羞，奏決定將錯就錯。

房內和宿舍內都只有他們兩人，靜悄悄的。就算一直裸著身子賴在床上也不成問題，但奏口渴了。正想去拿飲料時，忽然想起一件事。

「對了一馬，你要吃冰淇淋嗎？」

「冰淇淋？」

「嗯，達斯冰淇淋。」

聽見是平民永遠嚮往的牌子，市來立刻有了反應。

「哇喔，連在宿舍都吃這麼好。不愧是愛吃冰的人。」

「是之前特地留的。想在特別的日子吃，特地留下來的。」

他在冰箱裡珍藏了一盒冰，只為了送給回來後的**自己**。奏沒忘記去超商買冰後寫上「天澤」那天的事，也沒忘記草也的心意。

「喔，那我跟你一起去。」

「拿個冰還要兩個人？」

見市來也坐起身，奏害臊地應道。他撿起散亂在床邊的衣服。雖說這裡只有他們兩人，但他還是沒有勇氣裸身前往宿舍餐廳。

奏懷著像在做壞事的心情，和市來一起來到空蕩蕩的宿舍一樓，從餐廳的冰箱抽屜取出那盒冰。

「一人一半吧。」

「咦，只有一盒，你吃就好。你是想吃才買的吧？」

「既然你在就一起吃吧，反正湯匙多的是。」

餐具在宿舍餐廳裡要多少有多少。他們在兩人坐起來過大的桌子角落相對入座後，奏將冰淇淋分成兩半。自己那份盛在玻璃小碟子上，盒子則給市來。

這款夏季限定口味的冰淇淋，超商一定已經沒在賣了。奏用小湯匙舀了冰送入嘴裡。冰在舌頭上融化，甜味擴散開來。

「達斯冰淇淋果然最棒了。」

奏笑著說完，市來卻有些訝異。

「……奏。」

「嗯？」

「好吃到想哭嗎？那就留著自己吃吧。」

「不、不是，才不是那樣……奇怪、奇怪，怎麼停不下來……哈哈。」

奏臉上雖然在笑，眼眶卻不知為何撲簌簌流出斗大的淚滴。彷彿剛停下的那場雨又化作驟雨回來了一樣。

市來有些擔心，看了看小紙盒上用奇異筆寫的「天澤」二字，隨後嘴角也微微上揚。

「我懂了，難怪……真的很好吃呢。的確會吃到想哭。」

他將湯匙送入口中，和奏一樣露出笑容。

這個剛展開的嶄新世界和冰淇淋一樣甜美，像在宣告夏天還未結束般閃閃發光。

我那重啟後的人生

boku ga hajimatte kara no hanashi

不管是誰，在夢醒之後一定都想過一件事。
真希望這個夢永遠不會結束。就算無法看見夢的後續，也希望至少能將夢鮮明地留在記憶中。
因為知道自己終究會忘記。
無論再怎麼生動、真實的夢，醒來那瞬間都會像強風刮過般被趕出腦海，只留下一些殘片，消失無蹤。
越閃亮的美夢，越是如此。

「天澤，你在發什麼呆？」
奏呆愣地盯著牆上的甜點菜單，聽見這強勢的聲音後回過神來。
這不是個容易出神的地方，而且一點也不安靜。KTV包廂中聚集八名同年的男女，岩橋剛高歌完一曲，不悅地拿起桌上的東西，遞到奏面前。
「鈴鼓怎麼了嗎？」
「什麼怎麼了，這是為你借的耶。」
「為我？」
奏接過後滿臉困惑，紅色鈴鼓隨之搖晃，在曲子中間的寧靜空檔發出些微的鈴鈴聲。
「上次來的時候，你不是說『鈴鼓就交給我』，拚命炒熱氣氛嗎？」
「咦，我有嗎？」

「應該是我們這群人六月第一次見面的時候吧？」
湊在一起忙著選曲的女孩們，也在矮桌另一側相視點頭。
「是啊是啊，天澤同學還幫忙打拍子，就像演唱會上的狂熱粉絲一樣。」
「感覺好活潑，跟原本的氣質差好多！」
漫長暑假的最後一週，岩橋又邀奏去唱歌。和六月那次幾乎是同一組人，女生們來自附近的南森高中。
「喔……對。」
這麼一說他想起來了。
是身為野原草也的時候。那次很開心受邀去唱歌，不小心太力求表現了。
這次當然也很開心，也知道就算表現得不好或出糗也無所謂，只要做自己就行了。奏如今明白，關於雙胞胎哥哥陸的事是自己鑽牛角尖產生的誤解，沒必要成為完美的人，想開了之後心裡鬆了口氣，每天都很輕鬆。
然而長年累積的習慣可沒這麼容易擺脫。奏的個性並不活潑，要是拿掉資優生這個標籤，就會變得毫不起眼，這點他自己也清楚。就是所謂的邊緣人。
即便被迫拿起鈴鼓，他也害羞到無法動彈，光要抓到節奏就已費盡全力。幾首歌後，身旁的岩橋板著臉嘟囔道：
「天澤……你怎麼感覺又變了？」
「咦……」

「不知該說不合群，還是說又變回以前那樣。」

奏嚇了一跳。不，該說大吃一驚才對。

岩橋用力抓住奏緊繃的雙肩，使勁搖晃。奏手中的鈴鼓跟著發出叮叮噹噹的響亮聲音。

「竟敢偷懶，給我好好滿足大家的期待！你不管做什麼，都會因為長得帥而被接受，所以就老實地扮演帥氣的狂熱粉絲吧！」

「不、不要強人所難……」

對方的責備讓奏有點嚇到，但堅持要他搖鈴鼓的似乎只有岩橋一人，一個女生唱完歌後，笑著將麥克風遞給奏。

「下一首是你的歌！」

「咦，可是我還沒點下一首。」

「剛剛那首唱得超好，再唱一遍給我們聽嘛。」

岩橋「嘖」了一聲，在一旁潑冷水。

「帥哥就是這點討人厭。哪有一般人唱卡拉OK還能安可的。」

不管奏怎麼做，岩橋都有意見，但似乎不是所有男生都這麼想。今天初次加入聚會的島本，從奏的右側探出頭來反駁。

「跟長相沒關係啦！別看天澤這樣，他可是個努力的普男！雖然他長得並不普通。來唱歌前肯定也像念書那樣拚命練習，私底下練唱了一兩百次，你該體會他的用心才對。」

自從知道奏並非天才，而總是私下埋首苦讀後，島本就開始將他視為同為平凡人的夥伴。

「不，唱歌我倒是沒有練習……」

「好了啦、好了啦，我們都知道你很努力！下次一個人去KTV練唱時記得找我。」

「我不會一個人去KTV……」

「天澤同學，你的歌開始了！」

女孩不由分說地將麥克風塞進他手裡，拉著他站到前方的舞台。

奏不討厭唱歌。但這是一首慢歌，他不知道要怎麼唱才不會讓氣氛冷掉。

最後不小心認真唱完整首歌，深獲女生們甚至是島本的好評，卻受到岩橋和另一名男同學**冷眼**相待。

明明已經沒人在搖鈴鼓，但那叮叮噹噹的聲音仍盤旋在他腦海，像在責備他一般。

『我也好想去唱歌。』

市來在夜間稍晚的時候打電話過來，反應令奏感到意外。

暑假只剩幾天，大部分學生都已回到宿舍，使宿舍重新熱鬧起來，但深夜時分仍一片寧靜。奏在房間床上，將手機輕輕抵在耳邊。

「好難想像你去KTV唱歌的樣子。」

『怎樣，你是想說我去KTV很怪嗎？』

「我不是那個意思……」

聽見總是沒什麼情緒的男孩不悅地說，奏很是驚訝。自己只是無心地回了一句，重點是市來看起來真的對唱歌不感興趣。

白天市來傳了LINE訊息來，奏稍晚才看到，連忙回說：「我和岩橋他們在KTV。」後來市來就再沒回覆。然而現在卻打電話來問：「好玩嗎？」問完又突然變得很冷淡。

奏說不出自己苦惱於不知如何炒熱氣氛，又將衝到嘴邊的「還滿開心的」吞了回去，選擇分享了些無傷大雅的事，例如島本完美重現偶像歌曲的舞蹈，以及離開KTV後和大家去了上次沒去的咖啡廳等等。

「一馬，你怎麼了？」

奏不禁在床上換成跪坐姿勢問道。

『沒怎樣啊。我不過去了一趟鄉下，回來後你卻和岩橋他們玩得這麼開心。』

「……什麼意思？」

『就是字面上的意思。真可惜，還以為今天能見到你。我不是說過今天回來嗎？』

市來前陣子和家人回外祖父母家住。他母親在醫院工作，盂蘭盆節期間沒得休息，好不容易排到休假便帶子女前往郊外的農村小鎮，想讓他們有美好的夏日回憶。

「喔……可是我們沒約啊。」

奏也很想市來。

但對方難得陪媽媽回老家，他不想說些會打擾到他們的話。而且即便能問出口說：「你什麼時候回來？」他也不敢說：「你一回來我就想見你，我當天就想見你！」總覺得這樣太熱情了，對方會受不了。

『什麼嘛，好無情。是喔，因為沒約，你就不想見我了？』

「咦，我哪有這麼說。」

『意思還不是一樣。我們好歹也在交往，你總該稍微懷抱期待等我回來吧，小奏？』

市來略低的聲音聽來很舒服，總讓奏表面故作鎮定，內心小鹿亂撞。即使他以玩笑口吻說這番話，奏仍能清楚感覺到話語間的輕微焦躁。

這種事誰也沒教過奏。戀愛沒有上課或考試，也無法預習或複習。奏是第一次與人交往，也是第一次喜歡另一個人。

「對不起喔，我不知道交往之後就算沒約，還是該痴痴等你回來。」

『也沒叫你痴痴地等……』

「你可以早點說啊。」

『喔，所以說是我的錯囉？』

「不是啦。」

『那我現在說。』

「請。」

『明天見！』

「好啊！」

奏用求之不得的口氣回道。兩人以火藥味十足的話語來回過招，市來突然使出一記銳角扣殺。

『你說的喔？先聲明，明天我媽和藺香他們還不會回來。』

「咦……」

『我是自己先跑回來的。就這麼說定了，期待明天的約會。詳細行程我再跟你說。』

奏啞口無言，宛如沒算準球的軌跡而被打趴一般，通話戛然結束後仍繼續握著手機。像盯著落在腳邊的球似的，茫然若失。

——剛剛那些話是什麼意思？

「期待明天……詳細行程……」

他的臉遲了幾秒才開始發燙。

就算市來一個人在家，他們倆應該也只會打打遊戲、看看電視，念書……肯定是不會，但總之可以做的事很多。

然而奏卻萌生邪念，連忙拉起毯子蓋住頭。

「……可惡，都怪一馬做了**那種事**。」

即便立即將責任推到對方身上，心跳還是沒緩下來。

上床是兩情相悅的行為，市來沒有任何不對。

不過，奏是第一次喜歡他人、和他人交往，因此當然也是第一次做「那種事」。就記憶上來說已發生過兩次，講起來有點複雜。

「……啊，糟糕。」

燥熱感從臉部蔓延開來，就像迅速竄遍全身的毒藥，使下半身升溫。

那個部位完全不顧主人的心情。不對，那裡常被比喻作「兒子」，所以自己應該是父親才對。到這個關頭，無論是主人或爸爸都沒差——若不想些無聊的事轉移注意力，心臟感覺就要負荷過載了。

奏獨自一人窩在房間的毯子內，連在如此私密的空間都無法放鬆。

他已記不清上次自己來是什麼時候。草也離去後，奏原想一如既往地自行照顧「兒子」，但一想到和市來做過的事，就無法順利進行下去。

草也出現之前，奏也曾想著市來自己來，就像將偶像當成幻想對象一樣。

腦中人既是市來，又不是市來。由於不太熟悉才得以產生的各種妄想，全被一次上床經驗顛覆。

嚴格來說是兩次，真麻煩。實際發生過的那些事，乃至在市來面前忘我的自己都會鮮明地被喚醒，導致他無法專心。

然而，知道了深層的快感後，欲望也變得更強。

這陣子他一直處於欲求不滿的狀態。

「……嗯。」

他維持趴睡姿勢，將手緩緩伸向下身。右手輕鬆通過腰部鬆緊帶，入侵至睡褲和內褲之中，觸碰開始變硬的性器。

敏感到幾乎一碰就要叫出聲的頂部已略微溼潤。他用細長手指握住後由下往上，再往下，笨拙地套弄起來。正準備沉醉於這數數般的動作時，耳邊響起短短的訊息通知聲。

奏心裡一驚。與此同時手機也震動起來，收到市來傳來的LINE，他不由得彈坐起身。

好不容易才將男孩驅逐出腦海，對方卻又回到他的現實中。

『明天可以跟你約早上嗎？一起去動物園吧。』

市來明明用「你給我等著」似的語氣撂下狠話，行程卻健康到令人傻眼。

奏目瞪口呆。他癱坐在床上看了會兒螢幕，最後再度撲通倒了下來。

「都不懂別人的心情……**詳細行程**竟然是指動物園？」

不過若是被他知道自己欲求不滿也很頭痛就是了。

儘管欲望尚未得到宣洩，但他已沒心情繼續下去。環顧四周後，映入眼簾的是熟悉的房間。

他的目光停在窗邊的東西上。

那裝飾在窗簾桿上的東西，是個薄薄的藍色塑膠面具。

是市來在雨中為他撿回的貓耳英雄面具。

從那天起，奏的人生再度展開。

「她一直在看我們耶，是不是在想我們怎麼這麼愛動物園，每個月都跑來？」

市來通過入口柵門後回頭瞄了一眼說。

隔天早上兩人在動物園集合，奏過去也曾以草也身分和市來來過。

宛若模範的健全約會行程。暑假雖已快要結束，但他們今天有整整一天的時間可逛。

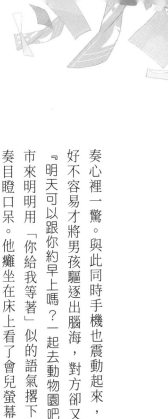

奏一方面失望，另一方面又鬆了口氣。他用冷靜的聲音回道：

「他們哪可能記得每個遊客的長相？而且我們上次是六月來的，已經兩個月了。」

「喔，這麼久了。」

就算市來記憶已模糊，奏仍記得很清楚。

不但作為草也的記憶保留著，還儲存在手機的APP裡。

那是奏和草也的日記——一個人的交換日記，真是荒謬至極。聽起來很像靈異或超自然故事，但草也既非幽靈，也非真實存在的人。

「怎麼了？」

市來邊走邊打開剛拿到的地圖，感覺到視線後低頭望向奏。

即使被厚重的瀏海遮住臉，仍看得出他長得很帥。他今天配合即將到來的秋季，挑了大地色系的卡其T恤，搭配黑色緊身褲，簡約有型。穿在高䠷的他身上十分搭調。

說不定入口處的女售票員隔了兩個月還真的記得市來。

「奏？」

他目不轉睛看了市來好一陣子，被這麼一問卻急忙搖頭。

「沒事。走吧，水獺在這個方向對吧？」

奏加快腳步，並將門票收進斜肩包中。雖然在園內已不會再用到，但他仍細心地收進錢包裡，以防折到，此時忽然想起那張電影票。

只是和市來偶然一起看了場電影，那天就成了特別的一天。當時他像在欣賞會透光的寶石或玻璃珠般，在房裡拿起小小的電影票對著光源看了會兒後，收進小盒子裡。之所以將側櫃抽屜上鎖，不是為了藏參考書，而是因為抽屜裡有裝著電影票的小盒子。

那是無比私密的情意。

如今兩人能理所當然地在一起，感覺好不真實——奏總是為了一點小事而雀躍不已，這也是不能說的祕密。

市來可能覺得兩人已經出去過很多次，但對奏而言仍像第一次般，可說是奇妙的後遺症。

「哇，人比上次還多。」

來到目標區域，市來看見人潮發出驚呼。

那區的小爪水獺無論長相或動作都很可愛，因而很受歡迎。再加上牠們在水池滑梯上潑水嬉戲的模樣很有夏日氛圍，來參觀的人絡繹不絕。

而且現在還有水獺寶寶。牠們今年春天才出生，六月來的時候聽說要等到隔週才會公開亮相，覺得很可惜。

「一馬，來這邊。」

奏拉著市來的衣角說。這區的柵欄呈半圓形，無論站在哪個位置都能清楚看見水池內部，但奏想去左側，剛好有一家人離開，兩人便擠進那個空位。

他瞄了眼水藍色的扶手。略顯老舊的扶手有些地方已經掉漆，奏找到某個圖案正想觸碰時，周圍響起了歡呼聲。

「哇，牠們游過來了！」

奏抬起頭，眼神閃閃發光。

小爪水獺寶寶似乎天生就懂得服務粉絲，游到了淺水池的邊緣。

「哇，有四隻！」

牠們體型比成獸小得多，因此很容易辨別。離牠們第一次下水可能已經有段時間，游得相當熟練。

「一馬，快看！」

市來想必也在看，但奏還是忍不住興奮大叫。

「一馬，葉子！右邊那隻拿著葉子！」

水池周圍有些樹木，手部靈活的水獺自然能撿起樹葉。奏看見可愛的水獺寶寶完全忘了維持一貫的冷靜形象，被迷得神魂顛倒。

「好可愛。」

奏不禁低喃，市來也回了聲：「是啊，好可愛。」他聞言抬頭望向身旁的市來，原以為對方和自己有同感，想不到對方看的不是水獺，而是自己，令他心跳漏了一拍。

他連忙轉回正前方。

水面波光搖曳。長著蹼的小動物以手潑水，遊客們見水獺寶寶如此調皮又發出歡呼，但奏彷彿沒聽見。市來的威力對奏而言實在太強了。

他悄悄偷看身旁，攪亂他心思的市來已將目光移向水池。

一陣夏末微風吹起。曆法上已然入秋。乾爽的風使樹木沙沙作響，也吹動高䠷男孩的髮絲，露出他常被遮住的額頭和眉眼。

望著水池的側臉如此沉穩，眼神如此溫柔。

那天也一樣。

『下次一定要來看水獺寶寶！』

他想起草也以天真無邪的聲音這麼說。

又想起自己入迷地看著市來的側臉。

市來那天的上衣顏色很是稀奇。天空萬里無雲，藍得不像梅雨季。抬頭望向市來的臉時，頭頂上方的藍天也會映入眼簾，市來宛如在水中游泳般，將頭轉了過來。

『怎麼了？』

草也的回應誠實得嚇人。

『覺得你穿粉紅色意外地好看，好帥喔。』

『喔，這件上衣……好看嗎？是藹香幫我選的。她說什麼都要選這件，但穿的人明明是我。』

『藹香真有眼光。她對穿著打扮有興趣啊，不愧是女孩子。』

市來聽見草也的稱讚靦腆地笑了。他提起妹妹時偶爾會露出害羞的表情，讓人覺得很新鮮，無法移開視線。

奏如今也像那瞬間一樣，目光被吸引。

「怎麼了？」

那一刻恍若重演似的，市來恰巧又轉過頭來，令他心臟猛跳。

「呃……沒事。」

奏再度下意識搖頭。

和入園時一樣。奏無法輕易說出：「可能因為你長太帥，連售票員姊姊都記住你了。」此時自然也無法坦率地回道：「被你迷住了。」

只能逃避似的垂下目光。

「咦，是上次的海豚。」

市來注意到他在看的東西。奏握住的水藍色扶手上有個地方油漆剝落，露出白色的柱體。大約只有四公分，形狀就像跳出水面的海豚，他們那天看到時也紛紛說「好像」。

「我想起來了，我們上次來的時候也站在這裡吧？」

「……嗯。」

奏點頭。

他之所以選擇站這裡，就是想確認草也的記憶是否正確。

「你記得真清楚。是說，當時的你……是草也吧？連細節都記得一清二楚嗎？」

見他神情認真地問，奏露出苦笑。

「大致上都記得，就跟普通的記憶一樣。」

「你不是說感覺像作夢嗎？」

「嗯，應該說是一場特別真實的夢吧。雖然像夢，卻不會忘記。明明已經過兩個星期了。」

夢醒時彷彿伸手可及的草也，如今已變得遙遠。就像夢境中的自己般朦朧模糊，但記憶本身卻依舊鮮明。

猶如才剛醒來似的，無法忘記。

向水獺和**扶手上的海豚**道別後，兩人逛了逛園內。這間動物園雖不算大，展覽內容仍很充足。

若每個展區都要認真逛，可能一整天都逛不完。最近企鵝和日本獼猴展區還貼出動物之間的關係圖，連在展覽品上也下了番工夫。他們過程中簡單吃了午餐，一晃眼時間就過了。

「天氣真熱。奏，你看。」

下午經過店鋪區時，市來提議「去吃冰吧」，奏二話不說就答應。兩人隨即衝進有洋傘座位的飲食區，逃離有如盛夏的烈日。

那裡賣的不是球狀冰淇淋而是霜淇淋，奏兩者都喜歡，所以不介意。除了常見的牛奶和巧克力外還有其他口味，深具吸引力讓人很難抉擇。

奏苦思低吟了半天，最後選了牛奶口味。

「要跟我分一半嗎？」

一入座市來就這麼問，手中的霜淇淋呈鮮豔的橙色。

「咦？」

「你剛剛不是在猶豫要點牛奶還是芒果的嗎？」

「可是……」

霜淇淋可不像盒裝冰淇淋那麼好分享。

若是草也，是不是會毫不猶豫地答應呢？奏和意識深處的自己自問自答了一會兒，市來見他愣住，笑了出來。

「間接接吻很有約會的感覺，挺不錯的。」

「既然在約會，幹嘛不直接接吻？」

「哇，小奏意外地大膽呢。」

「是、是你說間接……什麼的。」

「你不是因為這樣才愣住的嗎？給你。」

市來說著便遞出透明塑膠湯匙，令奏「咦」了聲。

「我想你應該不喜歡用舔的，所以要了湯匙。很貼心吧？」

湯匙有兩支。這下就不算間接接吻了，但比起這點，奏更在意他認為「誰」會願意用舔的。

或許只是口語表達的問題，根本沒有比較對象。還是說……

「怎麼了？比較喜歡你一口我一口分食嗎？」

「……謝謝。」

「喔……不客氣。」

見奏被調侃了還道謝，市來露出沒勁的表情。

「啊糟糕，開始融化了！奏，快點吃！」

「好。」

開始與轉眼就融化的霜淇淋搏鬥後，便無暇在意其他小事。

太陽逐漸向西傾斜。離開遮蔽斜陽的陽傘下，動物園行程也進入尾聲。

「要不要走走看這條路？這裡沒太陽。」

那條樹木間的道路雖然狹窄，但有樹蔭。只可惜路面未經鋪設，儘管今天是大晴天，地上卻滿是泥濘。不知是排水不佳，還是前幾天下的雨尚未全乾。

說起來這可能根本不是一條路，只是遊客擅自穿越樹林時形成的小徑——奏邊走邊想，在斜坡踉蹌了一下。

「哇……」

「奏，小心！」

幸好市來牢牢抓住他的手臂，他才沒有跌倒。

「謝謝。」

校慶演戲時也是如此，市來又幫了他一次。奏害羞地想邁開腳步時，發現市來左手仍未鬆開，不由得心跳加速。

這次不是抓手臂，而是牽起奏的手。

「……一馬？」

「你這個人意外地冒失呢。」

奏喊了他一聲，市來非但沒鬆開，還扣起他的手指，讓他心臟跳得更快。聽著自己嘈雜的心音，他聯想起昨晚的事。

蒙在毯子裡聽見的怦怦心跳。與健全的動物園不相稱的記憶，倏地如蒸氣一般湧出，看著被前方的市來牽住的右手，奏實在無法任由他牽著。

自己用右手做了那種事——

儘管因為收到市來的LINE而如常地以未遂收場，但達成與否並非重點。

下個瞬間，奏猛地甩開他的手。

「啊……」

戀人發現自己的手被甩開，瞪大眼睛轉過頭來。奏看著那張啞然的臉，連忙說出一個牽強的藉口。

「有、有人在看。」

「這裡沒人啊。」

「那、那個！」

騎虎難下的奏只好伸手指向小路盡頭的動物籠舍。告示牌上寫著那是婆羅洲猩猩。

「紅毛猩猩？類人猿也算人嗎？」

「最新的研究論文指出，紅毛猩猩的基因比黑猩猩和大猩猩更接近人類呢！」

寬敞的飼育區掛著一根粗繩，紅毛猩猩抓著繩子緩緩經過他們面前，充滿好奇心的眼神扎得奏好痛。自己太過愚蠢，彷彿連人類的近親都看不下去。

「哦，還真像你會說的話。」

市來噗哧笑了出來。

不是無奈的笑，而是真的覺得好玩而忍俊不禁。為了保全面子而說出牽強的藉口確實很像奏的作風，但這一點都不有趣。只顯示出奏這個人毫不可愛罷了。

為什麼市來會笑出來呢？

說起來，和自己來動物園一點都不好玩，不是嗎？

『下次一定要來看水獺寶寶！』

和他訂下純真約定的人既是自己，又不是自己。

奏陷入自卑的想法中，恍若聽見叮叮噹噹的鈴鼓聲隨風傳來。

『不知該說不合群，還是說又變回以前那樣。』

就連一無所知的岩橋都嗅到不對勁。除非像島本那樣遲鈍又大而化之，否則一定會察覺到奏的變化。

他的腳步逐漸變慢。

原本和自己並肩同行的男孩，現已走在自己前方。

離開紅毛猩猩區，接下來有好一陣子看到的都是遊隼、南方鶴鴕等鳥類，到最後前方只剩園區盡頭的水池。告示牌寫著「水鳥池」，以幾近自然的方式飼育著鴨子等水鳥。

這一區實在太不起眼，就像自然公園的角落，再加上地處園區盡頭，遊客人數突然少很多。

回過神才發現周圍一個人也沒有。

奏注視著前方的男孩背影。

還記得那天回程路上自己奔向這道背影，抱住對方。說著「抱緊我」這種一點也不像自己會說的話懇求市來，被市來擁進懷裡。

那雖是草也急於升天所做出的舉動，但也只有坦率的草也敢這麼做。

還獲得了市來的回應。

他也記得那天美得讓人心痛的耀眼晚霞。

閃亮的夢本應如夢幻泡影般消失。從小他總希望永遠不會忘記那些在醒來的同時逝去的美夢。若無法得知夢的後續，至少希望能一直記得。

──這麼想是錯的。

他到現在才知道。

若是一場夢，還是早點忘記比較好。

一直記著閃亮亮的美夢，只會顯得現實中的自己很愚蠢。

奏想像了一下。

像草也那樣呈一直線快步跑向前，抱住前方那個人大喊「我喜歡你」。用最大的音量將心意傳達給對方，彷彿能傳到不到幾小時就會西沉的太陽那邊。
越想腳就越動彈不得。很害怕，而且沒有自信能做到。
現實和夢中的自己差距太大，連追上前都辦不太到。就在他快要停下腳步時，市來突然轉過身來。
即將走到寧靜池畔的男孩轉了個身，快而大步地走了回來。
「奏。」
「咦……」
奏正感疑惑，想要環顧四周時，市來便用長臂將他摟進懷中。
緊抱住他緊繃的身體。
他無法理解發生什麼事，在市來懷裡不斷眨眼，茫然地抬起頭。
「抱歉，一時激動。」
市來臉上甚至浮現出笑容。
「為什麼？」
「咦，什麼為什麼……我看這裡沒人，想說『是牽手的好機會』。被鴨子看到應該沒關係吧？」
「你為什麼這麼……」
奏沒辦法一笑置之。
「……抱歉。」

道歉脫口而出。
「什麼？幹嘛突然道歉？」
「抱歉我不是草也。你們明明約好要一起來的。」
明知道市來不需要聽這種話，他還是無法壓抑心中翻攪的情緒。
奏退後一步，輕巧地退離開對方懷中。市來見狀沉默下來。
數秒之後他像是明白一切似的開口。明白奏為何而道歉，為何有罪惡感。
「有必要這麼說嗎？我是和『你』約好來這裡的。」
「既是我……又不是我。外表雖然沒變，但你應該分辨得出來吧？」
「你想成為的『你』，原則上也是你吧。」
「原則上……」
「你總是想要自己沒有的東西。身為草也時，你說自己因為羨慕哥哥而想當個資優生……現在呢？又想當回可愛的草也了嗎？」
奏無法否認。這些自暴自棄的話語，對他來說反倒才是最合理的。
「……嗯，我想變回去。」
「咦……」
「因為不想被你討厭。」
他原想露出苦笑，嘴唇卻在顫抖。
「你是笨蛋嗎？」

無情的話語使他心頭一冷。

好不容易說出真心話卻換來這樣的反應，他心寒到胸口都凍結了。

市來隨即敲碎奏心中那層薄冰。

「你忘了最重要的事。我不是說兩者都很好嗎？對我來說兩者都是你。」

「可是……我昨天本來想說的。我其實很想你，卻說不出口，還惹你生氣……若是草也，一定能坦率說出『我想你』，說『我想見你，可以等你回來嗎』。」

「你現在不是說了嗎？」

市來傻眼地說完，奏「咦」了聲抬起頭。自己不知不覺低下頭，再度抬頭才發現周圍依舊吹著乾爽的微風。

吹動兩人的頭髮，也在水鳥優游的池面激起波光。

「現在說也一樣啊。既然想我，代表你和草也的心情是一樣的吧？聽到你這麼說，我是很開心沒錯……」

「我好想你！」

「一馬，我好想你。」

奏踮起腳尖，身體微微前傾激動地說。

「我……也很想你啊。是我單方面抱有期待，因為見不到面就抱怨不停。我才該說『抱歉脾氣這麼差』。」

市來略帶沮喪的表情讓奏心情輕鬆不少，又覺得有點好笑，兩人不約而同「哈哈」、

「呵呵」笑了起來。

接著像要掩飾害羞似的，兩人又不約而同板起臉。

「真奇怪，現在明明見到面了，我們到底在說什麼呢？」

「呃……好像笨蛋？」

聽見奏的吐槽，市來也瞇起眼附和。

「對啊，好像笨蛋。」

動物園的最後一站不是可愛到令人驚豔，或者討喜、會特技的動物，而是一池水鳥。

游在池面上的鴨子大多成雙成對，完全不把人類情侶放在眼裡，看都不看奏和市來，他們因而得以自然地將手牽在一起。

兩人在夕陽西沉前回到市來家。

西邊的天空就快被染得一片通紅，但今天還沒結束。

就像電話中說的，市來家裡一個人也沒有，公寓門一關上，奏隨即意識到這空間只有他們倆——他還來不及仔細確認，就被帶進市來房間。

男孩將他壓在房間床上，露出有些傷腦筋的神情。

「早知道我們都這麼飢渴，就該早點回家才對。我本來是想……讓你在動物園感受一點浪漫氣氛。」

「去動物園是為了製造浪漫氣氛？」

個人。

奏訝異地說完，市來一臉尷尬，感覺有點可愛。或許市來才是他們之中意外浪漫的那個人。

——不，一定是因為體貼奏才這麼做的。

「對不起，我對這方面很遲鈍……連約會該做什麼都不太清楚。」

「我也不知道。不過先不論浪不浪漫，至少玩得很開心。你偶爾顯露出的冷淡反應，也讓我心跳加速。」

「一馬……你是受虐狂嗎？」

「嗯……一想到『你拚命假裝冷靜，但其實超喜歡我』的時候，整個人都興奮了起來。」

「……變態。」

奏不小心又被他攪亂心緒，只好如他所言拚命假裝「冷淡」。

戀人只一味地開心笑著。

「我很變態啊，想知道我約會時在想什麼嗎？」

「不用，我不想知道。而且我才沒說我超喜歡你，你這樣擅自誤解會讓我很困擾。」

「……天哪，好讓人興奮。再對我冷淡一點。」

「你果然很變態、唔……」

「哈哈。」

後續的話被吻堵住。

上揚的雙唇貼了過來，使奏不禁「嗯」了一聲。他不討厭這種感覺，因而順勢接受。唇瓣分分合合一會兒後，奏也開始有感覺，便主動向市來索吻。

極為舒服的那種吻。

「……嗯嗯……」

他們透過平常不會觸碰的、非日常的深層部位感受彼此。距離變得更近。不只物理上的間隔縮短，心也恍若緊緊相吸。

「……奏。」

唇瓣分開後，市來的臉仍近在眼前。瀏海垂了下來擦過奏的臉頰和眼部，癢癢的。奏不禁閉上微張的雙眼，像在要求再一次似的，吻又落在他唇上。重合後分開，復又交疊。市來趁著持續不斷的吻與吻間的空檔，將大手伸入他藏青色上衣的衣角。

「……一馬、唔……」

原已急促的呼吸變得更加紊亂。

市來邊吻邊探索他身體各處，像是平時不起眼的小小乳頭，以及癢到身體深處都在顫抖的腋下。

還有已將褲子繃得緊緊的敏感昂揚。

「呼、唔……啊……」

光是確認似的輕觸，就讓他差點發出怪聲。即便已經做了第二、第三次，他還是無法放開自己，唯一能做的就是假裝習慣。

一樣。

奏上衣和褲子都被脫光，不服輸地將手伸向對方的T恤和褲子，手指卻顫抖到像打結

市來看不下去，自行褪去衣物。從頭脫下卡其色的T恤後甩了甩頭，晃動清爽柔順的黑髮，接著便將衣服扔到腳邊。

不只他自己的T恤和褲子，連奏的衣服也丟了。

「啊……」

「今天不准你再遮了，我要看你的臉。」

他的話語和表情莫名性感，令奏心臟猛跳。

隨著經驗增加，市來越來越了解奏，越來越熟練。但他的態度並沒有因此變得隨便，反而能更有效率地專攻奏的弱點，害得奏完全把持不住。

奏一回神，才發現連僅剩的內褲也被脫掉。他看見自己的性器反翹到幾乎要碰到腹部，頂部已完全溼透。

在這個姿勢下他甚至能看見自己的膝蓋。雙腿被對方深深抱起，羞恥地向左右分開，任何部位都一覽無遺。

不只硬挺的性器，連後面也是如此。

發現這點後，他眼眶泛出淚水。

「一、一馬……」

「……嗯？」

「我、不喜歡這個姿勢……」
「……為什麼？」
「因為很、很害羞……」
他光要讓聲音不顫抖就已耗盡全力。
「是說，你的嘴……啊、等、等一下……」
「是我故意讓你做出害羞的姿勢。好棒……你好色，我快喪失理智了。」
這回答讓奏的腦袋一陣熱，連溼潤的性器都微微顫動。看見自己如此淫蕩的模樣，他整個人都快變得不對勁。
「……啊、呼、啊……」
他果真很快就變得不對勁。市來只是親吻他溼潤的前端，輕輕含住，滴出液體的昂揚就彈跳起來。
「……啊……已、已經……啊、不行……」
奏不過是微微扭動身體，白濁液體就咻地噴出。這一刻來得太快太容易。市來雖用口腔接住，奏還是不禁心想「完蛋了」。
「真是的……我本來還想再多聽一下你可愛的聲音呢。」
「我、我也來……幫你。」
「咦，幫我什麼……不用勉強。」
市來顯得很驚訝，但奏說了要做就是要做。

方法他還記得。他感覺像是第一次從事用嘴服務這般大膽的行為，但其實身為草也時，市來也曾替自己服務過。

他希望不只有自己享受到，市來也能更有感覺。並非出自競爭心態，只是自然而然這麼想。

奏撐起癱軟沉重的身體，爬向市來。

「奏、唔……」

市來在奏要求下坐在床頭，奏則縮在他兩腿之間。

原以為只要依樣畫葫蘆就好，但拉下市來的四角褲後才發現行不通。

「……哇。」

尺寸差太多了，無法像含大顆的糖果那樣含住前端。

奏雖感畏怯，仍伸出小小的舌頭舔了一下，那東西便像生物般猛然跳動，意外良好的反應令奏嚇了一跳。

市來……正確來說是市來的下身太可愛，讓他更有動力了。

幸好雙方都是男生，就算沒有經驗、沒預習過，還是能進行下去。

「你不久前還害羞到用衣服遮臉……連間接接吻都不敢……現在竟然舔著我那裡，真讓人感慨，不，應該說太誘人了……」

奏收起舔舐繫帶的舌頭，朝粗大的莖幹咬了一下。

「好、好痛，拜託、饒了我吧……」

「……誰叫你亂講話。」
「你是吸血鬼嗎？」
哪有吸血鬼會咬那種地方。既然吸的不是血，而是別的東西，那麼應該是魅魔才對。就算真能從精液中獲得精氣，也沒必要從那部位的側面開洞。
「……奏、你……」
奏啾地吸吮前端。在對方煽動下，自己也開始想些奇怪的事，簡直是說服不成反被說服。他像是吸取蜜汁般，吸取鈴口溢出的透明液體。
接著用嘴唇包住，迎入口內。
「呼……」
若做對了，頭頂上方的市來就會用呼吸聲告訴自己答案。他將大手放在奏的淺色頭髮上又摸又梳，時而突然扯動頭髮，那似乎也代表他很有感覺。
「……可以了，我要去了。」
「嗯嗯……」
市來冷不防將腰桿抽開，抬起奏的頭。奏不滿地用鼻子哼了聲。就像小孩專心吸著玩具時，玩具突然被沒收一樣，鬧起彆扭。
「還沒……」
「已經可以了，接下來換我。」
「什麼換你，又不是在玩遊戲……而且……不能總是讓你……」

奏沒空再抱怨下去。市來嫌煩似的脫掉內褲，將奏撐起的身體拉向自己。

「嗯……啊……」

市來將手滑向奏身體前方，使他的呼吸顫抖起來。那裡明明已經解放過、平靜下來，如今卻又禁不住地改變形狀。

「……看吧，你的身體也希望我為你服務。恢復得真快，我都快輸給你了……很久沒自己來了嗎？」

奏回答不出來。市來見他視線游移，顯得有些訝異。

「猜中了啊？」

「……才不是。」

「對了，那你的幻想對象還是我嗎？草也那時候……」

「就說不是了。」

「不是什麼？別回答得那麼快嘛。小奏，有其他對象太過分了吧？是A片還是寫真書刊？難道說不是女生，而是男的……算了，還是別告訴我好了。」

讓他擅自想像、擅自得出結論也不太好。

「我沒有自己來。」

「……是沒有射出來的意思嗎？」

「……嗯。」

「不會吧，一次都沒有？從什麼時候開始的？」

「咦……一直都是……吧，變回我本人後。」

「你不想自己來嗎？」

「也不是。」

「該不會是……陽……什麼的吧。」

市來開始盤問起奏來，僅聽第一個字就知道他產生了怎樣的誤解。健全的男高中生若對自慰不感興趣，通常就會被懷疑是不舉。

「不，我不是陽萎。只是一想到你，就會……很慌亂，無法做到最後……也、也不敢用碰過那裡的手碰你。」

在動物園之所以甩開被牽的手，就是因為這個無聊的理由。

「奏，你有潔癖嗎？」

「應該沒有。」

他不是討厭觸碰骯髒的事物，而是不願用髒手碰觸市來。

與其說是潔癖，不如說得了太喜歡市來的病。

由於太重視、太喜愛，又沒辦法像草也那樣直接表達出來，這股情感便在心中扭曲變形，滋長得越發龐大。

時而橫衝直撞，彷彿要將他的心撐破。

「……奏。」

市來牽起奏的手。

接著親吻他的右手指背，使他「啊」地叫了一聲。心臟躍動起來，就像橫膈膜因打嗝而震動一般。

「我心裡一直只有你。」

市來一指一指親吻奏比一般男生白皙細長的手指，以及手背。像在執行什麼儀式似的獻上吻後，便開始引導奏。

他要奏雙手環住他脖子，面對他跪立。

兩人的臉近到連對看都會心跳加速。

「在動物園我也忍得很辛苦。你有時太可愛，我都不知道該拿你怎麼辦。」

奏明明說不想知道他剛才約會時在想什麼，他卻無視奏的話。

戀人像要說祕密似的，將唇湊到奏耳邊。

「一想到待會可以好好疼愛你，讓你哭出來，我就好興奮。」

「……施、施虐狂……」

「可能吧。我又要弄哭你囉，可以嗎？」

市來用低沉的嗓音，惡作劇似的咬著奏的耳朵宣布完，奏不禁渾身輕顫。皮膚開始躁動，性器也因期待而昂揚，惡作劇很快就移到了性器上。

「呼……啊……」

細長手指包裹住性器來回移動，從根部移向前端。滑順的移動帶來的不只快感，還順便告訴奏下身已被體液弄得溼答答一片。

光聽見偶爾發出的咕啾聲，奏就害羞得要死，市來又像施展魔法般不知從哪變出了潤滑液，才沒過多久他就已經想哭了。

窄縫被好好潤澤了一番。

「啊……不……」

手指直搗內部。那充滿男人味、結實而細長的手指深埋進去。

若碰到那個地方，整個人會變得很奇怪。和奏預感的一樣，手指觸及脹大的前列腺，奏環住市來頸子的手、跪在床上的膝蓋都在顫抖。

「……咿、啊……呼、呼……」

試圖緊閉的雙唇隨即鬆開，吐出炙熱的氣息。

「……奏，感覺到了嗎？」

男孩雙手忙著對他前後施予愛撫，因而將頭靠了過來。奏埋在市來頸部的頭被輕輕搖晃，太陽穴和臉頰都感受到黑髮的撫觸。

「嗯……嗯……啊、唔、啊……」

手指增加到兩根，深處被慢慢撐開。

「嗯嗯……」

肚子縮了一下，反覆凹陷又鼓起。身體無論內外都試圖絞住市來的手指，看似是在抗拒並排除異物，實際上卻將之吸得更緊。

內部不斷收縮，像在淫蕩地引誘對方進入。

「……奏的這裡、真的好情色……」

「唔……呼……」

奏想忍住聲音而將唇按在市來後頸上，卻因太過用力而呼吸困難。抬起頭才發現房內逐漸變暗，眼前的牆壁開始上下搖晃。原來是自己不知不覺間動起腰來。

「啊……不是……」

「……不是什麼？不想承認自己從剛剛起就一直在動腰嗎？」

「一……一馬……」

「可以……做了吧？奏，來這裡……跨到我腰上……辦得到嗎？」

市來緩慢旋轉著兩指，從奏體內抽出。

「嗯嗯……」

不知出於期待還是恐懼，奏發出的細碎呻吟顫抖不已。

市來伸長雙腿坐著，奏應他的要求跨坐上去。這個姿勢有點彆扭，但能夠近距離感受彼此。

對視的眼眸飽含熱意。市來平時總是冷靜的黑眸因欲望而濡溼，顯得格外性感。一想到自己的雙眼肯定也是如此，原本就很紅的臉更是逐漸發燙。

奏藉著自身體重幫忙，使內部被貫穿。

身體最私密的部位，被粗脹的硬挺開拓至深處，奏不禁溼了眼角。這感覺無論重複多少次他大概都不會習慣，市來用熱切的眼神望著眼眶泛淚的他。

「……最裡面，再用你喜歡的方式來吧？」

奏聽不懂他在說什麼，搖了搖頭。

「你不是說喜歡裡面被撞的感覺嗎？還是被敲的感覺？」

「我、我從沒說我喜歡……就說不要了……一馬……啊、啊、嗯……」

纖瘦的腰肢上下彈動，發出咕啾聲響。一而再，再而三。混合體液與潤滑液的聲音，淫靡地震動耳膜，響遍安靜房間中的每個角落。

「不……太用力了……」

「我明明沒用力。」

「騙人……啊、又來了……」

「這個姿勢……看你體重有多重，就會承受多少重力。用你的質量和重力加速度……就能推算出強度。要算算看嗎？」

「……啊、不行……我辦不到……」

「舒服到腦袋發昏了嗎？聰明如你，也沒辦法思考了啊。」

他的思考能力所剩無幾，甚至無法判斷市來只是在開玩笑。

什麼都無法思考。被摩擦的地方不斷湧出淫靡的聲音和強烈的快感。既想摀住耳朵不聽，又想感受更多。戀人魅惑的嗓音，硬是擠進他已被填滿的腦袋之中。

「只有現在……你很快就能變回原本的你，所以……趁現在和我一起專注在舒服的事情上，好嗎？」

「咿、啊……那裡、不行……不行……」

「哪裡不行了？我知道你舒服的地方……前面這裡，和後面這裡……都很舒服對吧？我會努力撞你這些地方的……」

「……不要……不……」

奏搖搖頭，用力抱緊對方。

他開始發出啜泣聲，市來非但沒放過他，反而更用力往上突刺。只要稍微透露出自己有感覺的地方，對方就會用脹大的前端朝那裡猛攻。

「呼……唔……」

滿臉通紅的奏，發出細小到快要聽不見的喘息。

無論前後都又熱又難受。相連的地方明明已經溼得亂七八糟，他還是能強烈感受到對方的摩擦。

「……啊……咿……」

下腹部不斷收縮，每次絞緊裡頭的市來時，就湧出酥麻的快感。

已經快撐不住。

「一馬、啊……」

「……嗯？」

「一、馬……啊、好、好舒服……」

「……有感覺？」

「嗯、嗯……啊、啊……夠、了……快點……」
奏按捺不住放聲哭喊，快感瞬間將他吞沒，使他融化在其中。
「好舒、服……啊、一馬……啊、啊……那裡、啊、那裡……啊、啊……」
「……這裡舒服？這樣嗎？」
「啊、啊……對、啊……啊嗯……」
他發出嬌媚的聲音，手腳同時纏住市來。溼滑的咕啾聲不停傳出，深處被頂撞了無數下。市來以溫柔但毫不留情的動作用力揉弄他那裡，使得腺液源源不斷地湧出。
「……啊、啊……」
仍維持透明的液體，斷斷續續滴落在市來腹部。
「啊、不行……不行，快要、快……一、馬、一馬、啊……」
「要去了？再忍一下……」
「沒辦法……沒、辦法再忍……了……要、要去了……不行、啊、啊……不行……」
「……你的反差太大，會讓我把持不住。」
男孩的雙手原本扶著奏的腰，現在則捧起奏的臉頰。嘴唇從他淚溼的眼角移到火燙的臉頰，再緩緩下滑到唇瓣上。
一邊輕輕觸碰，一邊要求。
「奏……可以說你喜歡我嗎？現在聽到這句話，我應該……會升天。」
「就、就算不說……你也會啊……」

「但這樣能讓我們更舒服地高潮喔。不然……我先示範給你看吧？」

市來的黑髮沾在奏滲出薄汗的額頭上。

抵住他的額頭。

「奏……我喜歡你。」

這句話為他帶來無比甜蜜的愉悅感。如雷電般一閃而過，湧出強大的熱意幾乎要使人渾身燒焦。

「……嗯……」

繼額頭之後，兩人鼻梁相碰，最後像是找到歸屬似的唇瓣重合。

奏感受著溼潤柔軟的熱度，自然而然地回應。

「……好喜歡。一馬……我喜歡你。」

說著更加用力地環住對方後頸。原本微啟的心門，只是被輕輕一撥就完全敞開，各種情感從中爆發出來，一發不可收拾。

「奏……」

「最喜歡你了。」

想聽這句話的明明是市來，但實際說出口後，連奏也覺得心跳加速。後續的吻甜到讓人沉醉不已。

內心和身體深處一陣酥麻，沉溺在快感中的奏釋放出來。

「真是的……怎麼可以自己一個人高潮？」

市來輕撞奏的額頭表達不滿，但他也隨即攀上頂峰，所以絲毫不成問題。兩人無疑都是開心、舒服而幸福的，這點時間差不需要在意。

「奏真的很喜歡動物呢。」

外頭已經入夜。兩人不打算睡覺，便打開房裡的電燈，但還是在床上賴了好一陣子。

市來忽然嫉妒起動物來，說了些奇怪的話。

「要是我也是動物就好了。雖然現在也算動物。」

「我也喜歡人類喔。」

「但感覺你對動物有種博愛精神。只對我一個人類有好感，好像也不怎麼讓人開心。」

奏用手肘微微撐起身體，撫摸面向自己躺著的男孩頭髮。他想起之前曾將男孩誤認為龍的事。整齣戲中一直在睡覺的巨龍。

他聞了聞清爽黑髮的香甜氣息，深深側著頭將臉湊到對方面前，輕輕吻了一下市來的唇。

「我喜歡一馬喔。」

男孩微閉的雙眼倏地睜大。奏問他：「開心了嗎？」他眨了幾次眼後點點頭。

「天哪，好希望時間一直停在上床之後。不，上床的步驟也不能省。真想永遠活在激情與事後溫存的國度。」

「在說什麼。」

奏「哈哈」笑了起來，可能因為動到肚子，那裡發出小狗抽動鼻子般的咕嚕聲。以腹鳴來說雖然算小聲，但還是教人尷尬。

「你肚子裡的蟲也太可愛了吧，我來聽聽你養的是什麼蟲。」

「別這樣……」

市來起身作勢將耳朵抵在奏的肚子上，令他癢得頻頻扭動身體。兩人都還沒穿衣服。

「牠說牠要吃飯。果然沒辦法永遠待在『事後的國度』。要不要去超商買點吃的？家裡一陣子沒人，連冰箱都是空的。」

奏沒理由拒絕。他今天向舍監申請「要回家」，因此還可以再待一會兒。這種時候他都很慶幸自己平常是個資優生。

他們穿起扔在地上的衣服，整理好儀容後，一同走向玄關正要出門，門外突然傳來喀啦聲響，嚇得他渾身緊繃。

「哥哥，我們回來了。」

率先衝進家門的，是綁著可愛雙馬尾的繭香。接著弟弟駿太也在媽媽的催促下走了進來。一進家門看見哥哥的身影，睏倦的臉登時亮了起來。

「葛格～！」

市來見家人突然回家整個人愣住，駿太衝來抱住哥哥的長腿。

「哎呀，是天澤啊。」

「打、打擾了……」

「你們怎麼回來了！媽，妳不是說明天才要回家嗎？」

奏急著想打招呼，市來推開他叫道。

「怎麼啦，想說你一個人在家可能有諸多不便啊。我有傳LINE給你，你都沒看。」

「咦……啊，抱歉，我沒注意到。」

市來好像從中午以後就沒看過手機。

要是再晚一步穿衣服可就糟了。

「那個，抱歉在你們不在時前來打擾。」

奏暗自捏把冷汗，但仍努力打了聲招呼。見藺香用大眼望著自己，也對她露出微笑。

「藺香，好久不見。駿太也是。」

奏微微彎下身，兩人直勾勾地盯著他看，使他內心有些慌亂。擔心年幼的孩子可能會看見一些大人看不見的事物。

例如背後靈般的草也。事實上，奏和市來的家人幾乎算是初次見面。

「哥哥好狡猾！」

奏和市來心裡一驚。

「你是想自己跟小奏玩，才瞞著我們提前跑回來對吧？你們玩了什麼？」

豈止猜得八九不離十，根本一字一句都是正解。藺香年紀雖小，但女孩子的直覺還真是準到可怕。奏一方面慶幸她心靈仍很純潔，另一方面怯怯地想要逃跑，市來媽媽卻說：

「天澤，吃過飯再走吧？」將他挽留下來。

他們買了許多熟食，打算一回家就開飯。

奏有些猶豫，擔心打擾他們一家團聚，但在繭香和駿太的盛情邀約下，他最後還是決定留下來吃飯。市來在四人用餐桌旁，幫他加了張椅子。

他在宿舍已習慣和很多人一起吃飯，但初次在有小孩的家庭用餐，感覺很新鮮。

餐後市來媽媽還端出甜點，十分周到。

那是他們下高速公路前，在休息站買的盒裝冰淇淋。似乎是伴手禮商品，小歸小，但散發出一股達斯冰淇淋般的高級感。

不過奏擔心自己吃了他們會不夠吃，正想婉拒時，繭香連忙強調：「那是小奏的。」

「咦，我的？」

「繭香原本打算在你下次來玩的時候請你吃。」

連市來媽媽都催他吃，令他嚇了一跳。

「你不是超喜歡吃冰嗎？」

繭香將湯匙遞給他。

他想起初次和市來家人見面時，市來在冰淇淋店買了餅乾給弟妹，後來也和弟妹聊到那間冰淇淋店的事。

孩子的記憶真不容小覷。真開心她連這點小事都記得。

「小奏、小奏，給你！」

「啊，駿太，錯了！小奏的是這個。」

「珍奶風味的冰淇淋？」

奏接過冰淇淋，完全沒有選擇的餘地，一旁的市來探頭過來。

「笨蛋，奏上次吃珍奶口味不是因為喜歡，而是因為顧慮其他客人……」

奏搖了搖頭。

「沒關係，我吃這個。」

「咦？」

「我想吃這個。珍奶風味的冰淇淋很少見，也不知道明年看不看得到。」

珍珠奶茶本身就是流行的產物。所衍生出的冰淇淋和餅乾除非大受好評，否則想必會落得倏忽即逝的命運。

就像夏日的煙火，或者轉瞬間就會燃燒殆盡、難以在消逝前「許三次願」的流星一般。大家拿到各自的冰淇淋，駿太和媽媽相親相愛一人一半。奏打開蓋子後一如想像，看見混濁的奶茶色搭配黑色圓粒的冰淇淋。

「一馬也要吃嗎？」

冰在帶回來的路上已逐漸融化，表面很是柔軟，奏用小木匙舀著冰，忽然感覺到身旁男孩的視線。

「不用了，我要吃經典的香草口味，明年也要吃香草的。」

「這樣也不錯，香草是一定要的。」

奏露出微笑。大家都笑著沉浸在眼前小小的幸福中。

無論曇花一現的口味，或尋常的口味，都只有當下能像這樣享受。眼前的事物總在不斷變化。繭香總有一天會不想綁雙馬尾，駿太總有一天會想一個人吃一盒。

夏日天空的顏色，高聳的積雨雲。深綠色的樹木，以及不知不覺間消失的蟬聲。明年想當然也能看見同樣的景色，但總會有哪裡不同。

今年的夏天只屬於今年。

感受著舌尖上瞬間融化的香甜冰淇淋，奏默念了三次心願。

——希望明年夏天，還能和一馬在一起。

——《我那完結後的人生》全書完

後記 AFTERWORD

——砂原糖子——

各位好。若有初次相會的讀者，幸會。

很久沒出書了，內心萬分緊張。此外也很久沒寫後記，不禁困惑地心想：「後記是這樣寫的沒錯吧？嗯？嗯嗯？？」

本作的主要內容曾以前後篇的形式，刊載在《小說DEAR+》雜誌上。很榮幸有這個機會出版成冊，但在發行前我心裡一直七上八下，撇除掉「讀者可能忘了我！可能不會買我的書！」這種有如家常便飯的不安，我還擔心：「怎麼辦，現在還有人在喝珍珠奶茶嗎？」

一般來說，不要寫流行的事物是最保險的，我在本作中卻寫了很多。若有數年後、十年後才讀到這部作品的人，或許會想：「珍奶？以前流行過耶！好懷念！」希望讀者屆時能將之當作「珍奶風潮結束前的故事」來閱讀。

《我那完結後的人生》是從偶然想到的標題開始發想的。

誰都見不到自己死後的世界，但仍會對此感到好奇，也想知道百年、千年後的事！本作便是由這種無法實現的好奇心衍生而來。

已死的主角要如何看見死後的世界呢？我煩惱到最後設計出了草也、奏和市來的三角

關係。感覺很像學生，便設定為高中生。等於用回推的方式設定成高中生故事，不過這樣的設定現在對我而言，反倒比其他角色都更自然貼切。

夏乃老師的插圖給了我許多寫作動力。這次因為要寫後日談的關係，我久違地重讀了一次本篇，插圖中的形象使市來更顯帥氣，讓我心動不已。老師也精妙地描繪出草也和奏，同一副身體但有兩種個性的細微差異。

封面也不只營造出奇妙氛圍，乍看清爽的藍色部分更夾藏了許多故事，我後來意識到這點時心頭一驚。大家看完故事後細細品味一下封面，說不定會有新的發現！夏乃老師，謝謝您畫出這麼多精美的插圖。

在個人生活不太順遂的情況下，能像這樣再度出書，都要感謝夏乃老師、編輯部許多人，以及其他相關人士的協助。

感謝各位閱讀本作。希望無論一出書就讀到的讀者，還是珍奶風潮結束後才讀到的讀者，都能看得開心！

期待健健康康地再在下個故事與大家相會。

2020年8月　砂原糖子。

高寶書版集團
gobooks.com.tw

CRS058
我那完結後的人生
僕が終わってからの話

作　　者　砂原糖子
繪　　者　夏乃あゆみ
譯　　者　馮鈺婷
編　　輯　薛怡冠
美術編輯　彭裕芳
排　　版　彭立瑋
企　　劃　李欣霓

發 行 人　朱凱蕾
出　　版　朧月書版股份有限公司
　　　　　Hazy Moon Publishing Co., Ltd.
地　　址　臺北市內湖區洲子街 88 號 3 樓
網　　址　www.gobooks.com.tw
電　　話　(02) 27992788
電　　郵　readers@gobooks.com.tw（讀者服務部）
傳　　真　出版部　(02) 27990909　行銷部 (02) 27993088
郵政劃撥　19394552
戶　　名　英屬維京群島商高寶國際有限公司臺灣分公司
發　　行　英屬維京群島商高寶國際有限公司臺灣分公司 / Printed in Taiwan
　　　　　Global Group Holdings, Ltd.
法律顧問　永然聯合法律事務所
初版日期　2024 年 9 月

Boku ga owatte kara no hanashi
Copyright ©2020 Touko Sunahara (Author), Ayumi Kano (Illustrator)
Originally published in Japan in 2020 by SHINSHOKAN Co.,Ltd.
Complex Chinese translation rights arranged with SHINSHOKAN Co.,Ltd., through jia-xi books co., ltd., Taiwan, R.O.C.
Complex Chinese Translation copyright © 2024 by Global Group Holdings, Ltd.

國家圖書館出版品預行編目 (CIP) 資料

我那完結後的人生 / 砂原糖子著 ; 馮鈺婷譯. -- 初版. --
臺北市 : 朧月書版股份有限公司出版 : 英屬維京群島商高寶國際有限公司台灣分公司發行, 2024.09
　面 ;　公分. --

譯自 : 僕が終わってからの話

ISBN 978-626-7362-89-1 (平裝)

861.57　　113014513

凡本著作任何圖片、文字及其他內容，
未經本公司同意授權者，
均不得擅自重製、仿製或以其他方法加以侵害，
如一經查獲，必定追究到底，絕不寬貸。
版權所有　翻印必究

朧月書版

朧月書版